Sonya
ソーニャ文庫

ケダモノ御曹司は愛しの番《つがい》を貪りたい

月城うさぎ

イースト・プレス

contents

プロローグ　005

第一章　011

第二章　078

第三章　104

第四章　139

第五章　188

第六章　215

第七章　294

エピローグ　317

あとがき　323

プロローグ

「はあ、はあ……」

しんしんと雪が降る大晦日《おおみそか》の夜。織宮冴月《おりみやさつき》はあてもなく走っていた。

もこもこした部屋着の上にダウンジャケットを羽織《はお》った姿は、着の身着のまま家から飛び出したのが明らかだ。

真冬の風が容赦なく頬の体温を奪っていく。

時折背後を振り返るが、人の視線は感じられない。誰からも後をつけられていないことを確かめて、ようやく足を止めた。

自宅から十五分も歩くと人通りが多くなる。

最寄り駅はそれなりに栄えていて、駅の中にはショッピングモールも入っている。大晦日の夜も変わらず賑わっていた。

ショッピングモールは時間を短縮して営業しているが、まだ閉店まで一時間ほど余裕がある。冴月は暖をとろうとショッピングモールへ入った。

衝動的に家を飛び出し、無我夢中で走って行きついた先は、結局、通い慣れた場所だった。行動範囲の狭い自分がどこへ行ったか、家族ならすぐに目星がつくだろう。

今日じゃなければ友人を頼れたかもしれない。だが大晦日の夜はさすがに相手に迷惑になる。

ダウンジャケットのポケットには財布しか入っておらず、自宅への連絡手段は公衆電話のみ。もうすぐ年末恒例の歌番組が始まる時間だが、両親は娘がいないことに気づいて心配するだろうか。

――違う、本当の両親じゃなかった。

十六年間育ててくれた人たちは実の親ではなかった。先ほど兄の弦月《ゆづき》から告げられた真実が冴月を混乱させていた。

そして双子の兄だと信じていた弦月からは家族愛以上の情を向けられた。

誕生日が一日違いの二卵性双生児。それが弦月と自分との関係だと思っていたのに、彼はそうは思っていなかった。

「あなた、大丈夫?」

通りすがりの人から顔色の悪さを心配された。それほど青白い顔をしていたのだろう。

見ず知らずの人の親切心をありがたく思いながらも、「大丈夫です」と言う以外の答えを持たない。誰かに頼ることなどできず、相談できる人もいない。

——私、どうしたらいいんだろう。

今日は十六歳の誕生日で、本来ならこれまでと同じように弦月と一緒にケーキを食べていたはずだ。

いつも食べ過ぎて年越しそばまで辿り着けず、新年を迎えてからおせち料理と一緒に余った年越しそばを食べるという、なんとも行事を無視した行為をしてきた。

料理上手な母と優しい父、そして少し過保護な兄というありふれた家族だったのに、それはただの家族ごっこだったのか。自分が家族にとって異端で、和を壊してしまう存在であることに胸が痛む。

弦月から向けられた好意が怖くて逃げ出したけれど、いつまでもひとりでいるわけにはいかない。

「……帰らないと」

財布には数百円しか入っていない。弦月の誕生日プレゼントで今月のお小遣いを使い果たしたのだ。

しばらく外で時間を潰し、心を落ち着かせてから帰宅した。

いつもなら両親よりも過保護な弦月がすぐに現れるはずなのに、冴月を待ち構えていたのは、鬼のような形相をした母だった。

「冴月！　どこに行っていたの……！」

パンッ！　と肌を打つ音がした。

時間差で顔にじんじんした痛みが広がっていく。

頬をぶたれたのだと理解したとき、家の中の空気がいつになくひりついていることに気づいた。

「おい、すぐに病院に行くぞ！」

常に穏やかな父が珍しく慌てている。

「病院……？」

誰かが倒れたのだろうか。

そうぼんやり考えていたとき、家にいるはずの弦月の姿がないことに気づいた。

「……ねえ、弦月は？」

「たった今電話が入った。弦月が事故に遭ったと」

「――ッ！」

頭が真っ白なまま車に乗せられ、弦月が運ばれた病院に到着した。

弦月は心肺停止状態で運び込まれ、三人が到着した頃にはもう息を引き取った後だった。

床に崩れ落ちるように泣く母と、静かに嗚咽《おえつ》する父の後ろで冴月は呆然と立ち尽くす。

――私を追いかけたせいで弦月が事故に巻き込まれた……。

雪が降った道路は滑りやすい。タイヤの制御が利《き》かなくなった車が玉突き事故を起こし、

近くを走っていた弦月が犠牲になった。

いつもなら通らない道をたまたま通った。寒いのが苦手な弦月が積極的に雪の日に外へ出ることはない。

どうしてこんな事故に巻き込まれたのか——理由はひとつ。冴月を追いかけたから。

「弦月が事故に遭ったとき、あなたはどこでなにをしていたの」

泣きすぎてぐしゃぐしゃになった顔で母に詰《つ》め寄られる。親だと思っていた人にそんな顔をさせているのが自分だなんて思いたくなかった。

一時《いっとき》弦月から逃げたくて、混乱したまま外へ飛び出した。

だけどそれはパニック状態だった自分を落ち着かせるためで、決して弦月に死んでもらいたかったわけではない。

「私、は……」

喉から声が出てこない。現実を受け入れられず、涙が溢れることもない。

だって弦月はいつだって傍にいたから。家でも学校でも、どこにでも……冴月の世界には弦月がいた。

兄の恋情を拒んだ直後に、彼が亡くなるなんて思いもしなかった。死んでほしいなんて願ったことは一度もない。

弦月の命を奪った罪悪感は薄れることなく冴月の中に潜み続けた。

翌年もその翌年も、毎年誕生日が近づくにつれて冴月の心は乱れた。

『僕がいないところで、冴月だけ幸せになるなんて許さない――』

夢の中で弦月が囁く。

それは本当に彼が放った言葉だったのか、冴月の罪悪感が生み出した言葉なのかもわからない。

あれから十年以上が経過しても、この日の罪が冴月から消えることはなかった。

第一章

普通に誰かと恋をして、好きになった相手から同じ好意を返されて、交際期間を経てプロポーズをされる。

大好きな人と結ばれるなんて奇跡のような出来事だ。結婚式は幸せの象徴であり、ふたりの人生を祝福する儀式である。

仲睦まじい姿を見ているだけで自分も幸せな気持ちになるが、羨ましくないと言ったら嘘だろう。ほんの少し心の渇きを感じてしまう。

――綺麗だったな……ウエディングドレス姿。

十二月の大安吉日。高校時代の親友が結婚した。かつて冴月が淡い想いを抱いていた初恋相手と。

結婚式で聞いた情報によると、ふたりは高校の同窓会で再会したらしい。

冴月は高校時代の同級生と顔を合わせづらくて不参加だったが、その間にふたりは意気投合し愛を育んでいた。

進学と共に地元を離れて親友とも疎遠《そえん》になっていたが、まさか最近になって東京のカフェでばったり再会するとは思わなかった。流れで結婚式に招待され、ついに彼女にとっての晴れ舞台の当日を迎えた。

冴月は満面の笑みでふたりを祝福した。

誰かの結婚式に参列したのは二十八年間生きてきて初めてのことだった。なにせ交友関係が狭くて浅いため、招かれることも滅多にない。

美容院で髪をセットしてもらい、この日のために用意したドレスを纏《まと》った。

滅多に出番のないパールのネックレスとイヤリングを身に着けて、引き出物を持つ姿はまさしく結婚式帰りの人だ。コートを羽織っていても、華やかなヘアスタイルは人目を引く。

――すごい、髪の毛まったく崩れてない。さすがプロがヘアアレンジしただけあるわ。

ショーウィンドウに映る自分に見慣れない。いつもは下ろしたままの緩い巻き毛をアップにするだけで随分印象が変わるらしい。

ハイヒールを履き慣れていなくて足が疲れているが、このまま自宅へ直行するのは少々惜しい。

もう二度と来ることはないだろう結婚式の帰り道なのだ。ここまでオシャレしたのなら、どこかで食事をしてから帰宅してもいいだろう。

「ブーケは……まだ大丈夫よね」

引き出物の紙袋には花嫁のブーケが入っている。

花嫁が冴月に直接手渡したのだ。自分のような結婚に無縁な者ではなく、もっと確実に次の花嫁になれる人のもとへ行ったほうがよかっただろうに、かつての親友は笑顔で冴月の幸せを願った。

幸せそうな笑顔は純粋にうれしい。けれどほんの少し直視しがたくもある。

彼女は平凡な幸せを築ける側の人だから。多少の困難があったとしても、相思相愛の人と巡り合えて手を取りながら生きていける。

「私には無理だもの」

きっと心から誰かを好きになれる日なんて来ない。そんな期待すら抱いていない。

自分の心は十年以上前から動いていないから。

このままブーケを部屋に持ち帰っても、次の花嫁になれるという言い伝えは叶わない。

ふう、と息を吐き出した。十二月初旬の空気は冷たいが、芯から凍るほどの寒さではない。

披露宴会場が思いのほか暑かったため、このくらい冷えているほうが気持ちいい。今頃新郎新婦は二次会で盛り上がっているだろう。冴月は知らない人ばかりなので辞退した。

感傷的な心に蓋をして、慣れない社交を頑張った。今日はとても疲れた一日だ。

人見知りではないけれど、仕事のようににこやかに接するのは少々シンドい。見知らぬ人と笑顔で話すことには慣れていないのだ。

寝不足の身体は常にだるい。特に冬の時季は不眠症が悪化する。これが日常のため慣れてはいるが、しっかり熟睡しないと体力は回復できないだろう。眠いのにうまく寝られないというのは一種の拷問と言えそうだ。

ぼんやり駅まで歩いていたが、道の端に寄って立ち止まる。スマホを取り出し、この近辺でおいしい店を探すことにした。

「お腹が空いたな」

時刻はまだ十八時前だ。今から行けば店も空いているはず。

――イタリアンかフレンチか……この格好ならフレンチのコースでも違和感ないかも。

ソロ活歴が長いため、一通りのことは経験済みだ。

最近ではフレンチのコース料理もお一人様から注文可能なところが増えた。ひとりご飯が好きな身としてはありがたいことである。

ただコース料理は披露宴で食べたのだった。おいしかったが、量がお上品なのであまり食べた気にはなっていない。

お腹のスペースは十分ある。今ならラーメンだって食べられそう。

――ラーメンもいいかな。でもこの格好だと浮きそう。

寿司という気分ではない。中華は少々重そうだ。

「ううーん……自宅周辺のほうがいいかな」

滅多に来ない街で店探しをするにはリサーチが足りなかった。ＳＮＳの投稿を頼りに店を探すも、いまいちピンとくる料理とは出会えない。

――ダメだ、考えるのもめんどくさい！　もうお惣菜《そうざい》でも買って帰っちゃおう。

冷蔵庫代わりにしている近くのスーパーでいつものお惣菜を買えばいい。少々味気ないかもしれないが、それが一番リラックスできる。

それに今日は慣れないことをたくさん体験したおかげで、いつもよりは眠れるかもしれない。ゆっくりお風呂に入ったら自然と良質な睡眠を取れそうだ。

――なにも考えずに眠りたい。夢も見ることなく……。

スマホをバッグに仕舞った直後、すぐ近くを通りかかった男性に声をかけられた。

「もしかして、冴月さんですよね。僕のこと覚えてますか？」

「はい？」

長身で若い男だ。年齢は冴月より少し下で二十代半ばぐらいだろうか。甘い顔立ちをしている。

仕立てのいいスーツを着こなしていて、髪は定期的にサロンでセットしていそうだ。ジェルをつけた緩いパーマがよく似合う。

見るからにオシャレなイケメンだ。アイドルグループにいそうである。

――美容師さんとか？　ううん、行きつけの美容院にこんな目立つイケメンがいたら覚えていそうだし。

「人違いです」

名前を呼ばれたことに違和感を覚えるが、彼のことは記憶にない。本当に知り合いかもしれないけれど、街でばったり偶然に会うなんてことは、かつての親友の件でお腹いっぱいだ。

スッと視線を外してその場を離れる。本当に知り合いだった場合は後で謝ればいいだけのこと。

――新手のナンパか、宗教や保険の勧誘か……でも後者は身なりからして当てはまらなそう。

もしやホストだろうか。それならなおさら知り合いではない。

なんにせよ、律儀にナンパに応える義務はない。

「待ってよ、せっかくここで会ったんだから。食事でも行きましょうよ」

手首を取られて、サッと引き出物を紙袋ごと奪われた。

グイグイ引っ張る力が強い。履き慣れていないハイヒールでは足の踏ん張りが難しい。

「ちょっと、なんですか？　やめてくださいっ！」

「まあまあ、照れないで。ここから少し離れたところにオススメの場所があるんで、そこでじっくり話そう」

がっちり手首を握られている。振りほどこうにも相手がしぶとい。

いざとなったら引き出物を見捨てても構わないが、中身を確認していないため新郎新婦の個人情報が記載されたなにかが入っていたら厄介《やっかい》だ。冴月あてのメッセージカードも入れてくれていたかもしれない。

――っていうか、気持ち悪いし怖いんですが！

「触らないで、やめてください！　警察呼びますよ!?」

そこでふと、自分の手を掴む男の手首が視界に入った。

袖の隙間から入れ墨のようなものが見える。

「……ッ！」

一見アイドルにも見える華やかな男だが、オシャレ目的としても手首の近くまで入れ墨をいれるだろうか。裏社会の人間の可能性が浮上する。

――嘘、まさかホストじゃなくて、ヤがつく自由業的な……!?

そんな人と関わったことなんて一度もない。コツコツと真面目に生きてきたのだ。借金をしたことも、ましてやギャンブルやパチンコにすら行ったことがないのに。

「ほら、立ち話もなんだし。ね？」

声に若干苛立ちが混じっている。表情は笑顔のまま崩れていないが、ぞわりとした気持ち悪さを感じた。

——怖い怖い！

全身が汗でびっしょりしてきた。身体の震えが止まらない。

「忙しいので、遠慮します……っ」

「いいからいいいから」

——よくないよくない！

路肩に停められていた車に乗せられそうになるが、足に力を込めて拒絶した。

一体なにが目的なのかさっぱりわからないが、ここで乗ってしまったら二度と日常に戻れない気がする。

知らない山奥で物言えぬ状態にでもなったら、後悔どころではないだろう。

——どうしよう。でも、大きな声を出したり拒絶したりしたらナイフとかで脅《おど》されるかも……！

相手がなにを持っているかもわからない。下手な抵抗は命に関わる。

バッグにスマホを仕舞わなければよかった。手元にあればすぐに電話ができたのに。

だが抵抗しながら警察に助けを求めるなど無茶だ。スマホまで人質にされたら逃げようがない。

「……誰か……！」

車に押し込まれそうになった瞬間、手首の戒めがなくなった。

「おい、なにしてんだ！」

別の男の声が聞こえたと同時に、ドサッとなにかが倒れる音がした。

振り返ると、冴月を車に乗せようとしていた男が尻もちをついていた。

「え……？」

自由になった手首をさすりながら咄嗟《とっさ》に車から距離をとる。誰かが止めに入ってくれたらしい。

すぐ近くに佇む第三者……冴月から男を引きはがした人物に視線を向ける。

「……っ！」

そこには、息を呑むほどに美しい男がいた。思わず呼吸も忘れそう。

――まさか芸能人？　すごくきれいな目……。

助けてくれたその男の目は、満月を思わせる金色に見えた。

だが瞬きをした直後には色素が薄い茶色に変化している。

金色は気のせいだったのかもしれない。気を取られているうちに、しつこいナンパ男が助けてくれた男につかみかかろうとしていた。

「なに邪魔してんだよ！」

先ほどまでの柔和な言葉遣いはどこへやら。巻き舌で怒気を露《あら》わにする男に身体がすくむ。

「嫌がってるだろう。警察呼ぶぞ」

「っ！」

胸倉を掴もうとしていたナンパ男の動きが止まった。仲裁に入った男のほうが上背があり、身長も一八〇を超えている。

服の上からでもわかる鍛えられた体軀と眼力の強さに怖じ気づいたのか、急にしおれた青菜のように勢いをなくした。その様子を見ていると、忙《せわ》しなかった心臓の鼓動が少しずつ落ち着きを取り戻していく。

――なんだかドーベルマンとチワワみたい。

チワワに失礼だが、小型犬が大型犬の睨《にら》みに怯《おび》えたようにも見えた。

「ちょっとなに、喧嘩《けんか》？　酔っ払い？」

「なんかヤバいやつ？　動画撮っとく？」

通りすがりの人たちが歩みを止めてスマホを向けてくる。

「……クソッ」

やはり後ろめたい気持ちがあるらしい。スマホから顔を背け、ナンパ男が車に乗って去って行く。

車が見えなくなると冴月はようやく詰めていた息を吐いた。歩みを止めた通行人も興味を失ったように去って行く。

都会の集団心理というものを目の当たりにした気分だ。皆厄介ごとには関わりたくないのだろう。正常性バイアスというものが働くのか、よほど大声で騒がないと事件が起きても素通りされて終わりだ。

「大丈夫か」

助けてくれた男が冴月を労わる。落ちていた引き出物の紙袋まで拾ってくれた。

「す、すみません。助けてくださってありがとうございました」

ブーケも無事のようだ。少ししおれているが、踏みつぶされることもなかった。

「あの男は知り合いか？　トラブルに遭っていたようだが」

訝しむように探られる。痴情《ちじょう》のもつれと思われたのかもしれない。

「いいえ、まったく！　全然知らない人です。今さっきここで名前を呼ばれて、人違いですって言ったんですが聞く耳を持たずに無理やり車に乗せようとしてきて……」

——ほんと、なんだったんだろう。気持ち悪い……。

全身冷や汗をかいた。一度感じた恐怖心はきっとなかなか落ち着かない。

悪質なナンパで済ませていいのだろうか。面識のない人に名前を知られているというのはかなり気味が悪い。

警察に相談するべきかもしれないが、きっと被害届は出せないだろう。

「知り合いでもないのに名前を知られているのか。君は動画投稿サイトやSNSなどで人気だったりするのか？」

「やっていません。そういうのはまったく。SNSのアカウントはありますが、ほとんど使ってないです。自分の顔をのせるのは抵抗があって……」

インフルエンサーを目指しているならまだしも、冴月はごく普通の一般人だ。

不特定多数に自分の顔写真を公開することは正直避けたい。誰が見ているかわからないから。

それに仕事柄、SNSでの投稿はリスクが高いことを知っている。些細なことがきっかけで予期せぬ犯罪に巻き込まれたくはない。

「それがいい。顔を出すことはリスクが高い。悪質なナンパにしても強引だな……しばらく警戒したほうがよさそうだ」

「はい、ありがとうございます」

助言までしてくれた男をちらりと見つめる。彼は手に持っていた黒のロングコートを羽織っている。

先ほどは色素が薄い目の色ばかりに気を取られていたが、彼の顔立ちは非常に端整だ。

まず骨格がいい。凛々しい眉に高い鼻梁、目元は彫《ほり》が深く少し薄目の唇も色っぽい。

身長も高く、すべてのパーツがバランスよく配置されている。こんなに外見が魅力的な男性とは出会ったことがなくて、急に冴月の心臓がドキッと跳ねた。

——やっぱりモデルとか俳優かな？

黒のロングコートがまたよく似合っている。着る人を選びそうなコートも背が高くプロポーションがいいと難なく着こなせるようだ。

外見が良いだけでなく困った女性を助けてくれる勇敢さもあるなんて、なんとも出来過ぎに感じるが、天は二物を与えることもあるらしい。

先ほどのナンパ男も身なりは綺麗にしていたけれど、外見だけを意識して中身が薄っぺらく感じた。とはいえ、目の前の男のこともよく知らないが。

——滲み出るオーラが違うというか、格が違うというか……私とは住む世界が違う人なんだろうな。

汚れひとつついていない革靴が視界に入る。一見どこのブランドかはわからないけれど、見るからに一級品だ。

汚れのなさからしてあまり外を出歩くことのない人なのかもしれない。恐らく日常的に車で移動する人だろう。

こんな都会でも困った人を見捨てない人がいるとわかっただけで気分が軽くなった。

「すみません、ご迷惑をおかけして。本当にありがとうございました。助かりました」

ほんの少し名残惜しい気持ちもあるが、彼の時間を奪いたくはない。

このままどこにも寄らずに帰宅しようと思っていると、「すぐに帰らないほうがいい」と助言された。

「え？」

「さっきの男がどういうつもりで近づいてきたのかはわからないが、このまま帰宅したら後を付けられる可能性もある。車でどこかに去ったように見せかけて、物陰でこちらを窺《うかが》っていることもあるだろう」

「まさかそんなことは……」

ないとは言い切れない。

ふたたび心臓が嫌な音を立てた。気味悪さがこみ上げる。

——なんで？　私を狙ったってなんのうまみもないのに？

資産家の娘でも、高額な宝くじに当たったわけでもない。家族関係は少々複雑だが、莫大な遺産を相続する予定もないのだ。

裏社会の人間かもしれない男に狙われる要素が見当たらずゾッとする。

「では、どこかで食事してから帰ることにします」

「そうか。ちょうど夕飯時だしな。この辺でうまい肉が食える店がある。よければ一緒にどうだ？」

「え？」

まさか食事に誘われるとは思わなかった。

――どうしよう、せっかく助けてもらった後に断り辛い……。

初対面の男性と食事に行ったことがない。いつもなら即断るところだが、助けてもらった手前後ろめたい。

――しばらくひとりじゃないほうが心強いかもしれない。

「困らせたいわけじゃない。断ってくれてもいいぞ」

男が苦笑する。

そう言われると断るのが申し訳なく思えた。

――そうだ、助けてくれたお礼に私が奢ったらいいんじゃないかな？

「それでは、ご迷惑じゃなければぜひ。お礼に奢らせてください」

「それは気にしないでくれ。だが誘っておいてなんだが、俺もさっきの男と同じことをしているところと今気づいたところだった。よく知りもしない初対面の男と飯《めし》行くのは危険だと覚えておいたほうがいい」

「つまり、やっぱりやめようということですか？」

「いいや、次からな」

ふっと笑った顔がまた魅力的だ。冴月の心臓がドキッと跳ねた。

――身体が正直すぎる……！　別に面食いとかじゃないはずなのに。

これはきっと素敵な男性に免疫がないからだ。顔がいい男に笑顔を向けられた経験などほとんどない。

恐らくテレビの中の芸能人と遭遇してしまったときのドキドキだ。特にファンではなかったのに、ほんの少し時間を共有しただけで推しになってしまうような感覚かもしれない。

――ついさっきまで感じていた恐怖よりも、いい男から向けられた微笑みでドキドキするなんて。心臓がおかしくなりそう……。

感情の揺れ幅が大きすぎる。ジェットコースターのようだ。

男が冴月を気遣いながら誘導する。

「こっちだ。十分ほど歩くが、タクシーを捕まえようか」

「いえ、徒歩で大丈夫です」

ハイヒールを履いていることを気遣ってくれたようだ。だが近場なのにタクシーを捕まえるのは少々抵抗がある。

歩くことに問題はないと告げると、彼は冴月の意見を尊重した。

見ず知らずの人を信用するのは危険だとわかっているのに、何故だろう。このわずかな時間を過ごしただけで、彼のことをもう少し知りたいと思ってしまう。

自分らしくない好奇心に戸惑いながら、冴月は店へ案内する男の背中を追った。

◆　◆　◆

――まさか個室の焼き肉店とは思わなかった。

先ほど知り合ったばかりの男、獅堂煌哉《しどうこうや》に連れて行かれたのは焼き肉店だった。一階はテーブル席で、二階がすべて個室になっている。

煌哉はこの店の常連らしい。急に来たにもかかわらず、顔見知りの店主に二階の部屋を案内された。

「食べられないものはあるか？」

「いいえ、特には。あまり詳しくないのでお任せしていいですか？」

「わかった。では、いつものコースを二名分」

「かしこまりました」

――焼肉にコース料理ってあるんだ。

滅多に焼肉を食べに行かないため詳しくないが、コースならいろいろな部位を楽しめそうだ。

「飲み物も飲み放題でついてくるが、なにがいい？」

ドリンクメニューを手渡される。

初対面の男の前でお酒は控えたほうがいいと思いつつ、焼肉を食べるならビールが飲みたい。お酒は強いほうだ。多少飲んでも酩酊状態にはならない。

「では生ビールを。獅堂さんはどうされますか？」

「俺も同じものを」

引き戸を閉められると完全にふたりきりだ。向かい合わせで座っているのが少々居たたまれない。

――なにか話題を……。

今日は友人の結婚式だったんです、と言ってもあまり楽しい話はできない。深掘りされたくない話題は避けるべきだ。

きっと彼と話すのもこれが最初で最後。余計な個人情報は話さず、当たり障りのない話題で時間を潰したほうがいい。

「このお店にはよく来られるんですか？　店主と顔見知りのようでしたが」

「そうだな、月に二回は来ている。肉を食べると元気になるだろう？」

「確かにそうですね。私もお肉好きです」

けれど誰かと焼肉を食べに行くのは初めてだ。

そんなことを話しているうちに生ビールが運ばれてきた。

前菜のキムチの盛り合わせと特製のサラダもテーブルに並ぶ。

サラダにかかったドレッシングは自家製らしい。ごま油の風味とほんのりピリッとした辛味が食欲を誘う。シャキシャキのサラダはボール一杯に入っていたのに、あっという間になくなった。

ちょうどいいタイミングで厚切りの特上タンとハラミが運ばれてくる。

「焼き加減にこだわりは？」

「特にないですね」

「では俺がやろう」

煌哉が上機嫌で肉を焼きだす。

常連客である彼のほうが冴月より圧倒的に焼き慣れていそうだ。冴月は素直に任せることにした。

「このタンはこのままでも十分イケるが、レモン汁でも特製ダレでもなにをつけてもうまい」

焼かれた肉が皿に置かれた。完璧な焼き加減だ。

「ありがとうございます。いただきます」

切れ目が入った特上タンは簡単に噛みきることができた。上質な脂《あぶら》が口の中で溶けていく。

「すっごくおいしい！」

「だろう」

ゴクリとビールを飲む。先ほど遭遇した気味の悪いナンパなどどうでもいいと思えるくらい、肉がおいしくてビールが進む。

「この薄切りのタンにはブラックペッパーをのせるとさらにうまい」

肉と一緒に黒い粒も小皿で出されていた。削られていないブラックペッパーを丸ごと出す店は初めてだった。

――お店のこだわりを感じる。

じゅわじゅわとした脂が溶けた薄切りのタンの上に数粒ブラックペッパーをのせる。

こぼさないように気をつけながらタンを巻いて頬張《ほおば》り、奥歯でガリッと噛み砕いた。

「うわ、すごく合います。おいしい……！」

「口に合ったようでなによりだ」

風味と辛さがちょうどいい。これなら何枚でも食べられそうだ。

「次の飲み物はなにがいい？　ビール以外だとワインと焼酎《しょうちゅう》とウーロンハイ、梅酒にソフトドリンクがあるが」

いつの間にか生ビールを飲み干していた。

他のドリンクも気になるところだが、

「もう一杯ビールをお願いします。獅堂さんは？」

「そうだな、俺は赤ワインを」

次のお肉を運んできた店員に飲み物を注文する。

食べて飲んで焼いて会話する。肉がもたらす多幸感がすばらしい。

――焼くのは全部獅堂さんに任せちゃってるけど、苦になってないようでよかった。

肉奉行とでもいうのだろうか、彼は自分の焼いたものを相手に食べさせるのが好きなようだ。

ハラミの柔らかさと上質な脂を堪能《たんのう》し、合間にキムチを頬張る。辛いものは苦手だが、このキムチは子供でも食べやすい味付けだ。

「お肉っていいですね。満足感が高くて、なんだか幸せな気持ちになります」

「そうか。それはよかった。肉の他にはどんな食べ物が好きなんだ？」

「そうですね……決まった好物はあまりないいんですけど、味変とか意外な食べ合わせを試してみることが好きです」

「意外な？　たとえば？」

「甘いものと塩気のあるものを組み合わせるのはおいしいと聞くので、から揚げに蜂蜜をかけてみたり具ナシのお味噌汁にダークチョコレートを溶かしてみたり」

「……想像がつかないな」

「海外ではフライドチキンにシロップをかけて、ワッフルでサンドにしたジャンキーな食べ物があるって聞いて、から揚げでも応用が利くんじゃないかって思ったんです。意外とおいしかったですよ。あとカカオの含有量が高いチョコレートは身体にいいものを食べてる感じがして、それなら身体にいい味噌との相性も悪くないかなって。お味噌汁の包容力ってすごいと思います」

「味噌汁に包容力があるなんて初めて知ったぞ」

笑いを堪えているようで堪えきれていない。小さく肩が揺れている。

冴月は味噌汁の可能性は無限大だと思っている。

「で、君が考えるオススメの味噌汁はなんなんだ？」

「冷蔵庫の残り物を入れて具沢山にするのもオススメですが、最近は納豆味噌汁にハマってます。発酵食品同士なので合わないはずがないというか。そこにマヨネーズを隠し味程度に入れるとまたマイルドになっておいしいですよ」

「それは味噌汁のポテンシャルが高いのか、納豆のポテンシャルが高いのか」

「どっちもですね」

「発酵食品同士なら、このキムチも味噌汁の具材にぴったりということか」

「試したことはないですが、キムチ鍋ってありますよね。そこに味噌を溶いたらおいしそうだと思いませんか？」

「塩分過多にならないかが気になるが」

「そしたら豆乳も入れてマイルドにしましょう」

きっとキムチと味噌も相性は良いだろう。

そんな他愛のない会話をしていると、煌哉の口元に笑みが浮かんでいた。

顔立ちが整い過ぎているせいで少々近寄りがたい雰囲気を醸《かも》し出しているが、笑うと彼の硬質な空気が和らぐ。ふいに見せる微笑に心臓を掴まれる女性は多そうだ。

――恋人はいないのかな……。

指輪はつけていないが、恋人がいてもおかしくない。むしろこれほどの美男子なのだから、いないほうがおかしいだろう。

今さらながら、自分はこの場にいて大丈夫なのだろうかと不安になってきた。もしも親密な関係の女性がいたら、ただ肉を食べているだけでも浮気を疑われるかもしれない。

「あの、すっごく今さらなんですけど」

「なんだ？」

「獅堂さん、お付き合いされている方はいらっしゃるんですか？　私と一緒に食事に行ったら浮気されたとか思われません？」

煌哉の動きが止まった。予想外の質問だったらしい。

――もしかして触れられたくなかったかな。

冴月も恋愛事情を話すのは得意ではない。人によっては気分を害するかもしれない。

「特別な相手はいないから心配は無用だ」

「そうでしたか」

ホッと胸をなでおろす。

その安堵にどんな感情が交ざっているのかまでは考えたくない。

——うん、修羅場にはならないってことでよかったわ。

これで安心して肉を堪能できる。

「そういう君はどうなんだ。誤解をされたら困る相手は？」

「私もいないのでご安心を。お互い身軽なようですね」

ごくたまに、頼れる相手がいないことを寂しく思うことがあるし、不安に感じることもあるけれど。誰かと深く関わるより、今の自由気ままな生活のほうが性に合っている。

「失礼します。こちらシャトーブリアンです」

店員が新たな皿を持ってきた。

空いた皿が回収され、テーブルにシャトーブリアンが置かれる。

——すごい、初めて見たわ。

テレビでしか見たことがなかったシャトーブリアンを焼肉のコース料理で食べられるとは。今さらながら、このコースはいくらするのだろう。

――お財布に諭吉さまは何人いらっしゃったっけ……。

少々不安になってきた。さすがに現金のみではないだろう。カードで支払わせてもらいたい。

「織宮さん、新しいドリンクはどうする？」

「では、私も赤ワインをください」

分厚いステーキ肉には赤ワインのほうが合いそうだ。じゅうじゅうと焼かれる音だけでおいしそう。

運ばれて来た赤ワインを堪能し、煌哉が焼いたシャトーブリアンを食す。箸《はし》で切れるほど柔らかな肉は口の中でほろりと蕩《とろ》けた。

「おいしい……感動的なおいしさです」

「君は本当にうまそうに食べるな」

「ありがとうございます」

――そういうあなたはとても上品ですね。

ひとつひとつの所作が綺麗なのだ。肉を焼いているだけでも見惚《みと》れてしまいそうになるし、箸を持っているだけでも絵になる。

彼がなにをしている人なのかは知らないが、育ちの良さが感じられた。自信満々な立ち居振る舞いからして、恐らく中間管理職以上。社会的な地位がある人なのだろう。

――まあ、私には関係ないけれど。

彼がどんな仕事をしていようが、どんな家柄だろうが関係ない。今はただおいしく食事が食べられればそれでいい。

「おいしいお肉を食べてると、あれこれどうでもよくなりますね」

仕事のストレスやプライベートの煩わしい出来事も、肉が解決してくれそうだ。実際はなにも解決されなくても、気の持ちようが変わってくる。

きっと今夜こそは気持ちよく寝られるはずだ。薬に頼らずとも熟睡できそう。

「概ね同意だが、先ほどのナンパには注意したほうがいい。今後同じことが起こらないとも限らない。知り合いを装い車に引きずり込もうとするのは普通じゃないぞ。警察を呼んだほうがよかっただろう」

「いえ、警察まではちょっと……なにか被害に遭ったわけではないですし、時間と労力がかかりますので」

――でも被害がなかったとはいえ、やっぱり普通じゃないよね……。攫《さら》われるところだったもの。改めて思うとめちゃくちゃ怖い。

あの男の目的がなんなのかはわからないが、もしかしたら新手のホストの客引きだったのだろうか。

――ホストに入れ墨ってあり得るのかな。ただのオシャレなタトゥーの線もあるけど。

「本当に知らない男だったんだろう？」

「はい、まったく心当たりがなくて。アイドル並みに顔がいい男性と知り合えば、普通は忘れないと思うんですよ。インパクトが強いので」

「顔がいい？　そうだったか？」

彼はあまり美醜にこだわりはなさそうだ。

――まあ、この人は文句なくかっこいいから……顔のいい男には同じく顔がいい人が集まってきそう。

なんとなくそんな気がする。自己肯定感が高くて自信もある人間が周囲に多そうだ。偏見だが。

「俺が言うことじゃないが、助けた男もグルだったという可能性は十分あり得る。俺があの男の仲間だった場合は、君を酔わせてどこかに連れ込んでいるぞ」

「つまり獅堂さんも私をどこかに連れ込みたいってことですか」

「俺は違うからな。女性を騙《だま》すような卑劣な真似はしないし、口説くなら小細工なんかしない。正々堂々と真正面から言うぞ」

なんとも男らしい。恋の駆け引きを楽しむタイプではないようだ。

とはいえ、この男の場合は女性のほうからアプローチされることが多そうだ。

――自分から口説かなくても、モテる男って立ってるだけで女性のほうから寄ってくると思うわ。

彼から誘うことなどあるのだろうかと思ってしまう。ストレートに口説かれた女性は果たして抗えるのだろうか。

色事に免疫のない冴月なら顔を赤面させて狼狽《うろた》えてしまいそうだ。そんな姿は見せたくないが。

「……わかりました。いきなり初対面の男性に食事に誘われたら注意します」

「そうしてくれ」

現在進行形で彼を信用してはいけないと言われているも同然なのだが、なんとなく微笑ましい気持ちになった。

——でも私を騙すメリットがやっぱりないからなぁ……獅堂さんなんて、絶対女性に不自由してないもの。

彼が口説き落としたいと思う女性はどんな人なのだろう。そんなことを考えてつい苦笑する。

「なにか変なことを言ったか？」

「いいえ、少し不思議な感じがするなと。私、あまり初対面の人と緊張せずに話せることってないので。どちらかというと聞き役に徹するほうが楽なんですが、獅堂さんとは話しやすいみたいです」

子供のときは初対面の相手ともフレンドリーに話せるタイプだったが、大人になるにつれて人を信用できなくなった。自分の気持ちを明かすことが苦手で、人との距離感もわからない。

だが何故だろう。今は肩の力が抜けている。

――お互いのことをよく知らないのに、この空気感が苦にならない。

「それは光栄だが、話しやすいなんて言われたのは初めてだな」

「いつもはとっつきにくい人なんですか？」

「さあ、それは周囲に訊いてみないと」

ふと笑った顔はやはり魅力的だ。自然と視線が吸い寄せられる。

――私、イケメン好きなわけじゃないけど、好ましい顔っていうのはあるのかも。

アイドルや芸能人にも興味がないのに、目の前の男には少しだけ興味が湧いた。

冷製スープ、厚切りのサガリに上カルビ、それから締めの冷麺で満腹になった後、デザートにイチゴミルクのかき氷が出てきた。

「豪華すぎますね。このかき氷だけでもテンションが上がります」

こんもりと削られた氷に特製のイチゴのジャムとミルクシロップをかける。崩れることが前提のためか、大きめのトレイにかき氷がのせられていた。

「それはよかった。ここはかき氷も人気だからぜひ味わってほしい」

同じくイチゴミルクを選んだ男を観察する。

野性的な魅力がありつつも所作が美しい。イチゴミルクのかき氷を崩さずに食す姿は、ギャップ萌えというやつか。

「これもすごくおいしい。語彙力がなさすぎておいしい以外の言葉がでてこなくて申し訳ないですが」

「それが一番の褒め言葉だろう」

店が喜ぶと言われ、素直に頷《うなず》いた。

かき氷の一角が盛大に崩れ、トレイの上に散らばった。こういうことが起こるのも醍醐味なのかもしれない。

半分ほどで満腹になってしまったが、もう少し時間をかければ最後まで行けそうだ。暖房が利いた部屋で真冬にかき氷は最高の贅沢品なので残すのがもったいない。

「ごちそうさまでした。おいしかったです」

かき氷も最後まで食べきった。なんとも贅沢な時間だった。

――温かいお茶がおいしい。

身体が徐々に温まっていく。

化粧室を使用し、簡単にメイクを直した。もう帰るだけなのにリップを塗り直している自分に苦笑する。これも大人としての礼儀だ。

――うん、身だしなみは大事。

個室に戻りコートを着込む。

「ところでお会計は一階で大丈夫ですか？」

伝票は届いていないようだ。部屋番号を伝えるシステムなのだろうか。

「気にしなくていい。もう終わっている」

――いつの間に！

伝票がないから油断していた。化粧室を使用している間に支払ったらしい。

「すみません、払います！　おいくらでしたか？」

「忘れた」

金額など見ていないとでも言いたげな顔だ。

――多分本当に覚えてないどころか見てないのかも。というか助けてくれたお礼に私が払おうと思ってたんだけど。

とはいえ、個室の焼き肉店のコース料理が一体いくらするのかわからないが。

「あの、でも……」

煌哉はわずかに口角を上げたまま無言の圧を出す。これはもう答える気がないらしい。

「助けてくれたお礼に私が払おうと思っていたのですが……ごちそうさまでした」

冴月は深々と頭を下げた。女性に財布を出させることは彼のプライドを傷つける行為なのかもしれない。

「こちらこそ、楽しい食事だった。ありがとう」

「いえ、そんな……私のほうこそです」

――いいのかな？　本当に奢られたままで……。

出会ったばかりの人に奢られる理由がないし、飲み放題もついていたのだからそれなりの値段がしたはずだ。

――どうしよう。ここで解散っていうのも気が引けるかも……二軒目に誘ってみようかしら。

「あの、もしお時間があればもう一軒、お酒かお茶でもどうですか？　もしくはまた甘いものでも。私ごちそうしますので。というか、なにかお礼をさせてください」

断られたら潔く引き下がろう。お金はきっと受け取ってくれないだろうから、またどこかで会う機会があれば礼をしたらいい。

――最近は職場の同僚以外と人付き合いってしないから、難しい。失礼かどうかの基準も社会人の常識の範囲内でしかわからない。

馴れ馴れしい提案だったかと焦っていると、煌哉が腕時計を確認した。

「まだ九時前か。それならもう一軒、お付き合い願おうか」

どこに連れてってくれるんだ？　と無言で尋ねてくる。心なしか楽しそうだ。

「この辺あまり詳しくはないのですが……、そういえば落ち着いて話せる夜カフェがあるってSNSで見かけたかも。ちょっとお待ちください」

仕事帰りに寄れたら行ってみたいと思っていた、都内にある夜にぴったりのバーやカフェを保存していたのだ。

お気に入りから検索するとすぐに見つかった。現在地から一番近いカフェはバーも併設されていて、お酒も飲めるらしい。ゆったりとくつろげるソファ席が多く、カップルにオススメだとか。閉店時間まで余裕がある。

——もちろんデートではないけれど！

心の中で突っ込みつつ、煌哉にそのページを見せる。

「歩いて十分くらいの場所に良さそうなカフェがありますが、ここでいいですか？」

「もちろんだ。行こうか」

一階へ下りて出口へ向かう。店主に声をかけられた。

「獅堂さん、タクシー呼びましょうか？」

「いや、歩く楽しみも覚えたところだ。気遣いありがとう」

——いつもタクシーなのかな。

口ぶりからして、やはり車移動が多いのだろう。移動時間を惜しむほど忙しい人なのかもしれない。

酒を飲んだ後だからか。冬の風がちょうどよく火照った肌を冷ましてくれる。

「ここですね」

迷うことなく目的地に着いた。

大通りに面していないせいか、人はまばらだ。入口が広く、ガラス張りの窓から室内がよく見渡せる。

「席は空いてるようだな」

「はい、よかったです」

店員に好きな席を選んでいいと告げられる。

煌哉に「どこがいい？」と尋ねられた。

「そうですね……あ、あの暖炉《だんろ》の近くのソファ席とかよさそうですね。すごくリラックスできそう」

ゆったりしたソファ席にオレンジとグリーンのクッションがアクセントになっている。

店内は全体的にナチュラルテイストで、木の温もりがあり、観葉植物も置かれていて、壁には海外の風景写真が飾られていた。

暖炉の前でパチパチと火の爆《は》ぜる音を聞きながら煌哉と並んで座る。人ひとり分を空けてはいるが、向かい合わせで座るのとはまた違う緊張感がこみ上げてきた。

「えっと、獅堂さんはなにがいいですか？　飲み物の種類も豊富ですよ。なんでも好きなものをどうぞ」

コーヒー、紅茶の他にカクテルやモクテルもあった。ブランデーやウイスキーも多い。フィンガーフードのオススメも見ると、先ほど散々食べたと言うのに興味がそそられる。

——食べ物は重いけど。甘い飲み物には惹かれるかも。

いつもは飲まないいようなドリンクが気になる。マシュマロ入りのホットチョコレートにブランデーが入っているのもこの時季ならではだろう。

暖かい部屋で食べるかき氷も贅沢だと思ったけれど、暖炉の前でお酒入りのホットチョコレートを飲むのもまた贅沢だ。

「ではウイスキーをロックでいただこう。君はなにがいい?」

「私はこのブランデー入りのホットチョコレートをお願いします」

注文を終えた後、自然と視線が暖炉に吸い寄せられる。

火がパチパチと踊る光景がなんとも言えない癒やしだ。無心で眺めていられる。

——って、無言は失礼かも。

改めて相手に礼を伝えておきたい。

「獅堂さん、今夜はありがとうございました。おかげで楽しい夜になりました」

「そうか。それならよかったと言いたいところだが、問題はなにひとつ解決していないと思うぞ」

「それは確かにそうですよね……でもこうして獅堂さんが傍にいてくれてよかったです。あのまま帰宅してひとり暮らしの部屋に帰ったら、怖くて泣いてたかもしれません。恐怖心って後から来ることもありますから」

思い返しても、見知らぬ男に名前を呼ばれたことが気持ち悪い。

「なんのつもりだったのか吐かせればスッキリできたかもしれませんが」

「逃がさなければよかったな。すまない」

「いえそんな、謝らないでください。獅堂さんのせいじゃないですから」

一般人ができることなどたかが知れている。やりすぎて怪我でもさせたら、こちらが罪に問われるかもしれない。

「とにかく、しばらく油断せずに生活しようと思います。夜道を警戒して、スマホを片手に持ち歩いたり。防犯ブザーも購入しておきます」

彼の眉根がギュッと寄せられた。不機嫌そうな顔も絵になる男だ。

「女性がそこまで防犯意識を高めないといけない世の中なんて腹が立つな」

それは同意でしかない。

――いつもとは違うルートで帰宅したり、ルーティンを作らないようにしたり……なんで女性がそこまで気を使わなくちゃいけないのって思うけど。

たった一度変な男と遭遇しただけで、何故こちらが日常生活に気をつけなくてはならないのだ。こういう恐怖心を男性は理解していないと思うと不快感と腹立たしい気持ちになるが、彼のように女性側の生きにくさを理解してくれる人もいる。

「君はあの男に心当たりはないと言っていたな」

「ええ、そのはずなんですけど……私になくても向こうにはあったのかもしれませんね。友人伝いに私の写真を見たとか」

「昔の写真を見せてもらったという可能性もゼロではないが、そこまでして君に会いたがる理由がわからないな。なにか君だけが持つメリットでもあるのか？」

「うーん……？　特になにも……」

――デメリットしか思い浮かばないわ。

冴月の家庭環境は、ごく一般的な家庭よりも少し複雑だ。地元や実家にも何年も帰っていない。

家族の中心は双子の兄、弦月だった。特に母は弦月を溺愛し、冴月にはそっけなかった。とはいえ虐待を受けていたわけではない。冴月も母に甘えることはなく、程よく距離を保って接していた。だが弦月が事故死してから家族仲は完全に冷えこんだ。

冴月に頼れる身内はいない。なんらかの理由で職を失っても、実家を頼って身を寄せることなど考えられない。

――健康とお金は大事だわ。

そのふたつさえ失わなければ、ひとりで自由に生きられるのだから。

「本当に心当たりはないんです。でも私、人違いですってはっきり言いましたので、向こうが勘違いだったと思う可能性もあるかと」

「だといいが……」

煌哉に真顔でじっと見つめられるとソワソワする。心の奥まで見透かされているかのよう。

顔のいい男に見つめられ慣れていないため、どこに視線を合わせればいいのかわからなくなる。急に視線を外したら気分を害されるかもしれない。

――ああ、でもやっぱり目の色素が薄くて綺麗。

今は薄茶色に見えている。一瞬金色のように光って見えたのはやはり気のせいだったのだろう。

「お待たせしました」

タイミングよく店員がドリンクを運んできた。

暖炉の前のローテーブルにドリンクが置かれる。

大きめのマグカップに入ったホットチョコレートはマシュマロが半分溶けており、濃厚なチョコレートとよく合う。甘い香りだけで幸せな気分になれそうだ。

「あ、おいしい。思った以上にブランデーも利いてるかも」

身体が温まってくる。お腹の奥がぽかぽかしてきた。

「これを渡しておく。俺のプライベートの番号だ。困ったことがあればいつでも頼っていい」

煌哉が名刺の裏に手書きで番号を書いた。

手渡された名刺は冴月も知っている大企業のものだった。獅子を思わせるマークは何度も目にしたことがある。

――獅堂って珍しい名前だなとは思ったけれど……。

「あの、獅堂さんって獅堂グループとなにか関わりが」

「うちの家業だな」

口が半開きのまま硬直した。家業の一言で片付けられる話ではない。

――私でも噂を聞いたことがある。確か神奈川のとある一帯が獅堂の土地で古くからの地主とか、元々資産家でいろんな業界を手広くやっているとか。

不動産から土地開発、建設、ホテルに飲食関係まで。子会社が多く存在し、親会社は獅堂だと後から気づくパターンがいくつもある。

その家の名を名乗れる獅堂煌哉という男は、もしや獅堂家の直系の御曹司というやつなのではないか。

――うん、深く考えるのはやめよう！

獅堂グループなど冴月の勤め先とも関わりがない。考えても仕方ない。

手元の名刺に改めて視線を落とし、どう扱ったらいいか悩む。

——正直いらないかも……扱いに困るわ。

喉から手が出るほどほしい人は男女ともに多そうだ。彼の名刺など自宅に保管したくない。しかもプライベートの番号など、どれだけの価値があるのだろう。

「お気遣いありがとうございます。でもお気持ちだけで十分です。これも丁重《ていちょう》にお返しします」

名刺をローテーブルに置き、煌哉のほうへ戻した。

「何故返す？」

煌哉が名刺を冴月の前に戻す。

冴月はサッと視線を逸《そ》らす。

「獅堂さんの個人情報なんておいそれと受け取れません。というか失くしたらと思うと怖いので無理です。番号もチラッとしか見ていないので今のうちに破棄を」

手で目を覆い隠す。見ていないアピールだ。

煌哉の声に複雑な色が混ざった。

「俺のプライベートの番号を卑猥なものを見るような目で見られたのは初めてだぞ。それならスマホに直接登録したほうがいいな。ほら、スマホをよこせ」

「なんだか遠慮がなくなってきましたね？　というか登録しませんよ？　うっかりスマホをなくしたら獅堂さんの連絡先が第三者の手に渡っちゃうじゃないですか。危険です！」

そんなことは考えたくないが、いくらセキュリティをしっかりしていても安心などできない。パスコードのロック画面を突破されたら中身なんて見放題だ。

——まさか酔ってないよね？　随分とフランクに話してるけど。

もう少し紳士的だった気がするが、今のほうが素の彼なのかもしれない。

「君はなんでも落とす人間なのか？　スマホを落とした前科があるのか」

「いえ、ないですけども。もしもの話をですね」

「もしもなんてくだらん。ほら、スマホのロックの解除を」

なんとも強引である。命じ慣れている人間の匂いがした。

——しょうがない。後で消せばいいか。

冴月は渋々スマホのロック画面を解除し、電話番号の登録ページを開く。

「では、どうぞ……あ、でもフルネームは避けてくださいね。なんか適当なニックネームでお願いします。それかローマ字、いえむしろイニシャルで」

獅堂という名前を登録するのが怖い。秘匿性の高い名前がいい。

「俺は間男の気分を味わっているんだが」

なにやらぶつくさ呟きながら、煌哉はローマ字で入力した。

S. Koyaと記入されたのを見て、よくわからない安堵感を覚える。自分にこんなこだわりがあるなんて。もしかしたら多少酔っているのかもしれない。
――多分明日になったら消しそうだわ。もう関わることもないと思うし。

冴月はマッチングアプリすらやったことがないため、初対面の人間とご飯を食べてお酒を飲んだことがない。冴月の交流関係はほとんどが職場の同僚だ。

二十八にもなって、突然見知らぬ男性と知り合うなど珍しいことが起きている。その相手が普通に暮らしていたら絶対に知り合う機会などないような家柄のご子息なのだから、人との縁とはよくわからない。

「ところでずっと訊こうと思ってたんだが、その花束。結婚式のブーケじゃないか？」

紙袋からチラリと覗《のぞ》くピンクの薔薇《ばら》。少し瑞々《みずみず》しさを失っているようだが、まだ大丈夫そうだ。

「あれ、言ってませんでしたっけ。今日は高校の友人の結婚式だったんです」

「それで勝ち取ったのか。幸せな花嫁になる権利を」

「いいえ、ブーケトスじゃなくて。新婦が私にくれたんです。直接」

他にも未婚の女性は多くいたのに、イベントをひとつ潰してしまった。もちろん冴月から望んだわけではない。

――あの子は面倒見がよくて優しい子だったから……心配されたのかも。

高校を卒業して十年が経過しても、冴月がひとりでいるのを好んでいることに気づいたから。人と関わりを持たず、深い繋がりを拒絶して生きていく姿にかつての親友として思うところがあったのかもしれない。

「まさかいるのか？　君に花婿候補が」

マグカップに口をつけていたため反応が遅れた。びっくりして煌哉と視線を合わせる。

「私、恋人いないって言いませんでしたっけ」

「聞いたな」

「じゃあいるはずないですよね」

「交際していなくても候補者くらいはいるかもしれんだろう」

――候補者って、片想い相手ってこと？

それともやんごとなき家柄出身者には、幼い頃に決められた婚約者がいるものなのだろうか。

「候補者なんていませんよ。まったくのフリーです。新婦は学生時代の親友だったんですよ。純粋に私に幸せになってほしいって思ってくれたんでしょうね」

そのかつての親友は、授かり婚だった。

お腹を締め付けないゆったりしたウエディングドレスは華やかで美しくて、彼女の柔らかな雰囲気とよく合っていた。

——同級生がママになるなんて、いつの間にかそんな年齢になったんだなぁ……。

代わり映えのない一年を送っている自分とは大違いだ。職場と自宅を往復し、たまにひとりで外食して買い物して。週末は誰とも会話をしない日もある。

でも、これでいい。

——私は波風が立たない日常が好きだもの。現状に不満なんてない。

人生山あり谷ありとは言うけれど、高低差が少ないほうが平和だ。どん底のような谷から這い上がれるバイタリティなんて持っていないし、何事もほどほどがちょうどいい。

半分以上飲み干したカップをテーブルに置く。すっかりぬるくなったホットチョコレートは、カップの底に溶け切っていないチョコが沈殿《ちんでん》していた。

口元をお手拭きで拭いてから、くるりと丸めて袋に戻す。

キュッと口を結び、煌哉に軽く頭を下げた。

「今夜はありがとうございました。いつもは行かない街で獅堂さんに助けられて、誰かと焼肉を食べてお酒を飲むなんて数年に一度あるかないかのレア体験です」

「なんだか振られるような気分になるんだが」

訝しげに首を傾げる姿も実に絵になる。

女性客たちから秋波《しゅうは》が飛んできているのを、本人は気づいているのだろうか。

——日常茶飯事すぎてスルーしてそう。

自然と視線が吸い寄せられるほど魅力的なのだ。自分とは別の世界で生きているんだと実感する。

「私が獅堂さんを振るなんておこがましいです。一生の思い出にします」

たまたま同じ時間を過ごしただけの知り合い未満。ふたたび会うこともない。

彼がごちそうしてくれた金額をきっちり支払えたほうが綺麗に終われるのだが、きっと受け取ってはもらえないだろう。

「つまり、もう一生会うこともないと？　随分残酷なことを言うんだな」

煌哉はわかりやすく眉を顰《ひそ》めた。

「でも、マッチングアプリとかで出会った男女も一度会った後、なんか違うなって思ったらフェードアウトって聞きますよ？」

「ほう、俺はなんか違うなって思われたということか」

「そうじゃなくって。今のは一般論で、私が獅堂さんをそんな風に思ったわけじゃないです」

「君もアプリをやってるのか」

「私はやったことないですけど。なんか怖いし、既婚者に騙されるトラブルとかも聞きますから」

――不特定多数に写真を見られるとか無理かな。

仕事柄、アプリでの詐欺被害の相談をよく受けるのだ。身近なトラブルを聞くだけで試してみたい気持ちは失せていく。

「俺は独身だ」

「私もです」

──あれ、独身情報は三回目だわ。

お互い酔っているからか、どうにも論点がズレていく。

冴月としては、煌哉はたまたま通りかかって仲裁に入ってくれただけの恩人だ。今後もし冴月の前に同じナンパ男が現れたとしても煌哉がふたたび助けてくれるなんて思っていないし、なにかあっても彼が責任を感じる必要もない。

なのにどうして彼は機嫌を損ねているのだろう。

──私なにも面白い話してないんだけど？

つらつらと世間話や食の話をした程度だ。

──わからない。セレブのおぼっちゃまがなにに興味を持つのか……。

今月末で二十九になる冴月より、煌哉は数歳年上だろう。座っているだけで貫禄があるため実年齢より上に見られていそうだ。

──さっきの発言は一方的な感じだったから、失礼に思われたかもね……謝っておこう。

水で喉を潤《うるお》し、下げていた視線を上げた。

「すみません、獅堂さん。ちょっと大げさでしたよね。でも街中で出会っただけの得体の知れない女を信用しちゃいけませんよ……って、あれ？」

煌哉が目を閉じている。

いや、寝ている。多分。

ソファに深く座り、背もたれに背中を預けている。

目を瞑《つぶ》っているだけにも見えるが、冴月が呼んでも反応がない。

「獅堂さん？　寝てますか？」

人ひとり分あった距離を詰めた。

間近で煌哉の顔をじっくり眺める。目を閉じているだけに見えるが、規則的な呼吸が聞こえてきた。

――もしかしてお酒はあんまり強くなかった？

煌哉が頼んだウイスキーは飲み終わっていた。まだ氷が溶け切っていないだけで、ウイスキーは空だろう。

――焼肉での飲み放題は、私がビール二杯と赤ワイン二杯にウーロン茶を飲んでたけど、獅堂さんは何杯飲んでたっけ？

確かビールと赤ワインが一杯ずつだった。冴月の半分の量である。

冴月はそれなりに飲めるほうだが、煌哉はそうでもなかったのだろうか。顔にまったく出ていないが、変化がわからないだけかもしれない。

「……っていうか、まつ毛長い。羨ましい」

肌の肌理《きめ》も整っている。化粧していないのに毛穴も目立たない。

左右対称の骨格に形のいい眉と切れ長な目元。鼻筋はスッと高く、横顔も美しい。まさに非の打ち所がない美形だ。

――芸能事務所にスカウトされてもおかしくない一般人なんて、そうそう会わないわよね……。

煌哉の髪とまつ毛は漆黒なのに、瞳の色素だけが少し薄い。そんなところもミステリアスで魅力のある男だ。

無防備に寝顔を晒《さら》すなんて危機感がなさすぎる。冴月が寝顔を盗撮する女だったらどうするのだ。

――いや、しないけど！　それよりも、こんな風に寝られるなんていいなぁ……。

スッと寝られるなんて羨ましい。冴月はもう何年も、気持ちよく眠れていない。明け方まで眠れず、ただベッドの上で目を瞑るだけの日も珍しくはない。

あまりにも寝られないときは睡眠薬に頼るが、薬で無理やり眠っても身体は軽くならないのだ。

もう慢性的な寝不足には慣れてしまったが、たまにはどっぷりと熟睡したい。

――どうしよう。起こしたほうがいいよね。

時刻はまだ夜の十時を少し過ぎた頃。この店の閉店時間まで一時間弱残っている。

疲れているのかもしれないし少し寝かせるべきか。

いや、寝ている人がいたらお手洗いにも行きにくい。店にも迷惑になるかもしれない。

「……獅堂さん、寝るならおうちで寝ましょう？」

肩をトントンと叩くが起きる気配がない。こういうときの対処はどうしたらいいのだろう。大学時代の飲み会にもほとんど参加してこなかったため、経験値が低すぎた。

起こして水を飲ませたい。そう考えていると、ローテーブルに置かれている煌哉のスマホに着信が入った。

「電話？　どうしよう、出たほうがいいのかな」

液晶画面には「狛居《こまい》」と書かれている。

迷った末に電話に出ることにした。煌哉の知り合いなら彼を迎えに来てくれるかもしれない。

「もしもし」

『……おや、あなたはどちらさまでしょうか。こちらは獅堂煌哉さんの電話番号かと思いますが』

「はい、そうです。すみません、私は織宮と申します。獅堂さんと食事をしてカフェでお酒を飲んでいたら眠ってしまいまして、どうしようかと思っていたところに狛居様からのお電話がかかってきたので出てしまいました」

簡単に事情を説明する。

場所を尋ねられたため、現在地を告げた。

『すぐに向かいますので二十分ほどお待ちください。ご迷惑をおかけして申し訳ありません』

車で来ると言われ安堵する。

電話を終えても煌哉は起きる気配がない。

「狛居さんって誰だったんだろ」

世話人のような人だろうか。お金持ちのお屋敷にはそのような人がいてもおかしくはない。

――もしくは運転手かな？　獅堂さんが電車に乗っているところなんて想像できない。

どちらにせよ冴月には関わりのないことだ。

狛居に煌哉を渡したら冴月の役目は終わりである。

近くを通りかかった店員に会計を頼み、テーブルで支払った。値段も手ごろで居心地のいいカフェはＳＮＳで紹介したらすぐにバズってしまいそう。

「お連れ様は大丈夫ですか？」

「はい、すぐに迎えがくるので大丈夫です。でもお水をいただけますか」

「おふたつですね。すぐにお持ちします」

運ばれて来た水をゆっくり飲みながら暖炉の火を見つめる。

――はあ、疲れた……今日は盛りだくさんだったな。

結婚式に向かうときは、ちゃんと笑顔で祝福できるか不安だったが、いざ式が始まれば杞憂《きゆう》に終わった。友人の幸せそうな笑顔を見ていたら胸の奥が熱くなったし、純粋に「おめでとう」以外の感情は湧いてこなかった。

ただ朝から美容院に行って髪の毛をセットしてもらったので一日が長い。しかもまだ終わっていない。

夜遅くまで外にいることは滅多にないため、明日は疲れ切っていることだろう。

今夜はお気に入りの入浴剤を入れてゆっくり風呂に浸かり、ラベンダーのアロマを焚いて寝よう。これだけ動いていたのだからきっと熟睡できるはずだ。多分。

――切実に今日くらい熟睡したい……夢を視ずに疲れをとりたい。

目の下の隈《くま》を隠すためのコンシーラーがメイクの必須アイテムになっている。自分に合うコンシーラーを見つける旅もそろそろ終えたい。

今日スマホで撮った写真を整理していると、スーツ姿の男性が入店した。

店員がラストオーダーを過ぎていることを告げるが、彼は人を迎えに来ただけと言っている。

——もしかしてあの方が狛居さんかな？

冴月の視線に気づいたのだろう。男はすぐにふたりが座るソファ席へやって来た。

「織宮さんですね？　はじめまして、狛居です。お待たせしてすみません」

「いえ、全然待っていないので。むしろ早かったですね」

「そうですか？　ありがとうございます」

にっこり笑うと目が見えなくなる。

狛居はいわゆる糸目のような顔立ちで、真顔でも微笑んでいるように見える。彼は休日でも仕事だったのだろうか。

「それで、うちの獅堂は寝落ちしたんですね。女性の前ですみません」

「いいえ、私は全然。でももしかして獅堂さんはあまりお酒に強くなかったんじゃ……」

「リミットを把握しているのでこんな風になることはほとんどないんですがね……ちなみになにを飲まれたか覚えていますか？」

「確かビールと赤ワインを一杯ずつと、ここでウイスキーをロックで一杯ですね」

すでに店員が飲み干したグラス類を片付けているので、痕跡は残っていないが。

狛居は「なるほどなるほど……」と頷いている。その中になにか体質に合わないアルコールがあったのだろうか。

――飲み合わせってあるんだっけ？　悪酔いしやすいアルコールの組み合わせとか。

冴月は基本的になんでもおいしく飲める。酷《ひど》い二日酔いを経験したこともほとんどない。

「ほら煌哉様、起きてください。帰りますよ」

――でも獅堂さん、ただ目を瞑っているだけに見えるんだよね……。

よだれを垂らしてぐったりするわけでもない。静かに眠っているのも絵になる人だ。

狛居が煌哉の肩を揺さぶり、耳元で囁きかけた。

「早く起きないと、織宮さん帰っちゃいますよ？」

「あの、今なんて？」

囁きが小さくて聞き取れなかった。

少しして、煌哉の目が開いた。薄茶色の瞳が美しい。

「……なんでお前がここにいる」

「開口一番それですか？　酷いですね、迎えに来たのに」

眉を顰めて嫌そうにする煌哉と、飄々《ひょうひょう》とかわす狛居。親しげな雰囲気が伝わってくる。

「獅堂さん、お水飲んでくださいね。気分は大丈夫ですか？」

「ああ、すまない。問題ない」

はあ、と息を吐くのも色っぽい。

煌哉は前髪をかき上げてから、水の入ったグラスを一気に呷《あお》った。

「意識のないデカい男をひとりで運ぶなんて無理なんで、起きてもらえてよかったです。それ飲んだらお財布出して会計を済ませてくださいね」

狛居がザクザク切り込んでいくが、もう冴月が支払い済みだ。

「お会計は私が終えているので大丈夫です。ご心配なく」

「え？　それは申し訳ないですよ。おいくらでしたか？　私が立て替えますので。迷惑代も含めて多めに請求してください」

「いえ、そんな。大丈夫です。元々食事を奢ってもらったお礼にここでは私が支払うと伝えていましたので。だからおふたりともお財布はしまってくださいね」

煌哉が懐《ふところ》から財布を出していた。「一万で足りるか？」と言っている。寝ぼけているのかもしれない。

「なんて律儀な……そんな風に言ってくれる女性なんて久しく出会っていませんよ」

――いや、普通だと思うけど？

一体どんなお嬢様たちと交流があるのやら。

――貸し借りは少ないほうが気が楽ってだけなんだけど、言わないでおこう。

もう帰るだけなのだから気持ちよく解散したい。

コートを着込んで荷物を持つ。

煌哉も一見素面《しらふ》に見えるが、足元が少々おぼつかないようだ。

「獅堂さん、大丈夫ですか？　肩貸しましょうか」

「え、お優しい……でもつけ入る隙を見せないほうが」

「ありがとう」

狛居の発言にかぶせるように煌哉が返す。冴月の腰に腕が回り身体が密着した。

――うん？

肩を貸すと提案したはずが、何故だか腰を抱かれている。

そのまま店を出たが、ひとりで歩けているようにしか思えない。

「あの、獅堂さん？　私、邪魔では……」

「邪魔じゃない」

どう見ても歩きにくいと思うのだが。

そして何故だか狛居が冴月の荷物（引き出物の紙袋）を持っている。煌哉のことは冴月に任せたとでも言いたげな表情だ。糸目なのでわかりにくいが。

「近くのコインパーキングに車を停めているので、少々お待ちを。織宮さんも車で送りますので、ここで待っててくださいね」

冴月の荷物と共に狛居が去り、さほど待たずに戻って来た。店の前に停車した車は見るからに高級外車で、乗るのを躊躇《ためら》ってしまう。

「さあ、どうぞ」

後部座席の扉を開かれた。煌哉のみ乗せてしまおうと目論んでいると、彼が先に冴月を車内に乗せた。

「えっ」

気づいたときには扉が閉まっていた。

隣に座る煌哉にふたたび腰を抱き寄せられて身体が密着する。

「獅堂さん。シートベルトしなきゃ」

反応がない。冴月を抱き寄せたまま目を閉じている。

「あ～、すみません。いつも以上に安全運転で行きますね。先に煌哉様のマンションへ向かってもいいですか？」

「はい、もちろんです」

――でも私が獅堂さんの住所を知っちゃって大丈夫なのかしら。

獅堂グループの御曹司なら芸能人並みにセキュリティに気をつけていそうだ。特にストーカーの被害に遭わないように住所の扱いも厳しそうだが。

――私はストーカーなんかしないけど、万が一ってこともあり得ると思うわ。

「ん……」

コテン、と煌哉の頭が冴月にもたれかかる。

彼が纏うオーデコロンの匂いが鼻腔をくすぐった。

身じろぎひとつできそうにない。コートを着込んでいるのに煌哉の体温が伝わってきそうだ。

——息がかかる……なんでこんなことに！

酔っ払いの行動は予測がつかないとは言うけれど、今の状況も煌哉が酔っているからなのか。お酒を飲むと人肌が恋しい人なのかもしれない。

——心臓がもたないんですが……どうしたらいいの。

ずっと心臓が騒がしい。こんな風に異性とくっついた経験は身内以外では初めてだ。

恋人と言える相手を作らず、今まで仕事と趣味を中心に生きてきた。男性との接し方も恋の駆け引きもわからない。今時の中学生のほうが冴月より経験豊富かもしれない。

「あの、狛居さん。まだですか？　あと何分くらいですか？」

「あと五分くらいですね。あ、邪魔なら引っぺがしていいので」

——できるか！

声には出せないツッコミを入れる。大の男を手で押し返しても無意味だ。

ようやく到着したのは低層マンションだった。

マンションの前にゲートがあり、車が近くまで行くと自動的に開く。

「タワマンじゃないんですね」

「以前は住んでいたんですけど、朝のラッシュ時にはエレベーターが混みあうので大変なんですよ。あと忘れ物をしたら取りに行くのが面倒で、この方がイライラして去年引っ越しました。家を出るだけでタイムロスだと言いだしまして」

「なるほど」

きっと高層階に住んでいたのだろう。上になればなるほど行き来が面倒そうだ。

目の前のマンションは五階建てのようだ。一階はロビーとジム、住民専用のカフェと中庭など共有施設が充実しているらしい。

「二階からが居住区で、煌哉様の部屋は五階です。ルーフバルコニーもあるので、やろうと思えば日光浴もできますよ」

車を地下の駐車場に停めてマンションに入り、長いロビーを通り抜ける。寝起きの煌哉は未だに冴月から離れない。

「あの、私絶対いらないと思うんですけど……」

酔っ払いを支えているならまだしも、彼は絶対にひとりで歩けるはずだ。逆にこの体勢は歩きにくくないのか。

煌哉は無言で冴月の腰を抱き寄せて歩いているのだから、支えられているのは冴月のほうである。

「私の口からはなんとも……あ、エレベーターに乗ります」

狛居がコンシェルジュに会釈した。どうやら顔見知りらしい。

カードキーをかざして五階を押す。別の階には下りられないようにセキュリティで設定されていた。

最上階は二部屋しかなく、隣人は海外の投資家で一年のほとんどは不在なのだとか。実質煌哉がこのフロアを独占状態である。

――私の1Kの部屋が何個入るのやら……。

一般庶民との格差が激しい。きっと煌哉が冴月の部屋に来たら玄関程度にしか思わないだろう。もちろん招くつもりはないが。

玄関扉はホテルのオートロックの部屋と同じだった。カードで開き、中へ招かれる。

「お邪魔します……」

「すみませんね、ここまで付き合ってくださって。煌哉様、自宅につきましたよ」

「……」

靴は脱いだが、応答はない。頭はまだぼんやりしているようだ。

冴月は煌哉をリビングのソファに座らせて、そそくさと離れる。

「ここがキッチンです。冷蔵庫の中に一応食料や飲料水も入ってますし、常温がよければパントリーにミネラルウォーターのボトルが常備されているので、好きに飲んで大丈夫ですよ」

「はあ、ありがとうございます。狛居さんもここに住まわれているのですか？」

「いいえ、私は獅堂が所有する別の場所に住んでますね。同じエリアではないですが、遠くもないです」

獅堂グループが不動産を扱っているのを思い出した。いくつも物件を持っているのは当然だろう。

「お手洗いは玄関のすぐ近くで、浴室はこっちです。週二回、契約しているハウスキーパーが来ているので綺麗ですよ。ご安心ください」

――っていうか、なんで私に部屋の紹介をしたんだろう？

「いいえ、あの、私もそろそろお暇《いとま》を……」

ここに長居するつもりはない。

セレブのお宅訪問はちょっとだけ興味があるが、それはまた別の機会でお願いしたい。いつでも帰れることを告げようとすると、狛居が眉尻を下げた。

「実は先ほど、獅堂の本家から呼び出しを食らってしまいまして。今から小田原へ行くことになりました」

「え、今からですか？」

もう十一時を過ぎている。これから向かえば深夜近くになるのではないか。

「労働時間が超過してません？　今日土曜日なのに……」

「いやまあ、よくあることです」

大変な仕事だ。土日もないなんて……と冴月は不憫《ふびん》に思った。

だがその気持ちを逆手に取られたのだろう。狛居が全然困っているように見えない表情で冴月に懇願する。

「というわけで、申し訳ないのですが今夜一晩煌哉様に付き添ってもらえますか？　酔っ払いの介抱とまで深く考えなくていいのですが、どうもいつになく正気じゃないあの人をひとりにするのは不安で」

「え、私がですか？　つまり泊まってほしいと？」

「ええ、きちんと報酬もお支払いしますので。言い値で」

「それは結構です！」

言い値でなんて、怖くて頷けない。

――いや、どう考えても私が泊まるのはおかしい……！

人の家に泊まるなど、子供のとき以来したことがない。気兼ねない間柄の友人ならまだしも、初対面の男の家にふたりきりなんて間違いがあったらどうするのだ。

「もし煌哉様が不埒なことをしてきたら股間を蹴《け》りあげていいので！　あ、でも潰さないでくださいね。使い物にならなくなったら困りますから」

「どっちなんですか！」

冴月の顔が赤くなった。

名家だから跡継ぎを作ることは重要なのだろうが、自分の貞操も大事だ。

慌ただしく狛居が去る間際に連絡先を渡された。なにかあれば遠慮なくかけていいと。

どうやら彼は煌哉の秘書として働いているらしいが、公私ともにずっと一緒とは大変な職業である。

「行っちゃった……」

ホテルのオートロックと同じ音がした。鍵を閉めに行かなくていいのは便利だ。

――どうしよう。今夜は眠れないかも……まあ、いつも寝られてないから同じようなものだけど。私も熟睡したい……。

空調が利いた部屋でコートのままは少々暑い。

コートを脱いで、ダイニングテーブルの椅子に置かせてもらう。

「とりあえず、水を用意してあげたらいいのかな」

ミネラルウォーターがあると言っていた。冷たい水より常温のほうが飲みやすいだろう。

パントリーから二本とり、煌哉のもとへ向かう。アイランドキッチンは新品同然でほとんど使われていないようだ。

――こんなに広いキッチン羨ましい……！　オーブンもあるし食洗器もついてるし、シンクが二個もあって分けられてる。使い勝手がよさそう。

ひとり暮らしの狭いキッチンでは自炊をするにも工夫が必要だ。調理場の確保だけで料理をする気力が削がれる。言い訳かもしれないが、いつも簡単な手抜き料理しかする気にならない。

煌哉は普段なにを食べているのだろうと考えていると、ふいに頭上が陰った。

「え？」

背後から抱きしめられている。その相手はひとりしかいない。

両手で持っていたミネラルウォーターも奪われてしまった。

「うろうろするな。寂しいだろう」

「え、え!?」

つま先が宙を蹴った。

煌哉が冴月を抱きかかえている。

「ちょっ、え？　なに？」

お姫様抱っこで運ばれた先は寝室のようだ。入口付近の天井のダウンライトが自動的に点いた。

「わぁ……っ」

広さは十畳以上あり、ホテルのような寝室の奥には大きなベッドがひとつ、真ん中に置かれている。キングサイズのベッドだろうか。

オシャレなインテリア雑誌に出てくるモデルルームのような部屋が物珍しくて、ついキョロキョロ視線を彷徨《さまよ》わせる。

なんて統一感がありモダンなインテリアなのだろう。煌哉の趣味か、プロのデザイナーに依頼したのか。

「ひゃっ」

身体がベッドの上に下ろされた。背後のマットレスが沈む。

「獅堂さん？」

「どこにも行くな。ここにいろ」

「はい？」

そう呟いた本人に後ろから抱きかかえられてしまう。

腹部にはがっしりと煌哉の腕が回っている。リビングでスーツのジャケットは脱いだようだが、中に着ていたベストとスラックスはそのままだ。

「ちょっと、獅堂さん？　おーい」

背後から寝息が聞こえてくる。

まさかと思い首を回すが、煌哉の顔は確認できない。

——嘘、まさかこの状況で寝た？　私を抱き枕にして？

もしやこれまでも数多《あまた》の女性を寝室に連れ込んでは抱き枕にしてきたのだろうか。初犯にしてはいろいろとあざとくないか。

――わからない。私には経験がないからなにもわからない……！

これは狛居が言っていた不埒な状況で間違いないだろうか。お腹の肉の感触をワンピースの上から触られるのは不埒以外のなにものでもない。

狛居に報告したい。が、スマホが手元にない。

煌哉の腕の檻が頑丈だ。がっしり抱きしめられている腕が緩まないか試してみるが、まったくびくともしない。

「実は起きてるんじゃ……もしくは無意識？」

腕の力が強い。彼が寝返りを打ちたくなるまで我慢比べかもしれない。

――無理無理、男性と一緒に寝るなんて！

いくら相手が寝落ちしていても危険すぎる。危機管理がなっていないにもほどがあるだろう。

彼の腕を剥がそうと奮闘するも、非力な冴月には動かせない。無駄に頑丈すぎて息切れしそうだ。

――一体どういうことなの、この状況……！

まさか帰宅できないなんて思いもしなかった。出会ったばかりの男の部屋で抱き枕になることも。

「どうしよう、この状況はまずいのでは……！」

心臓がドキドキしすぎてうるさい。

煌哉の手が少しでも上にずれたら胸に当たりそうだ。

「……ッ！　狛居さん、ヘルプ……！」

それにこのまま寝るのは困る。二十代後半で化粧を落とさずに寝てしまうことがどれほど肌のダメージになるか、考えるだけで恐ろしい。

「獅堂さん、起きて……ちょっとでいいから！」

まったく反応がなく、冴月はどうしようもできないまま途方に暮れた。

第二章

「ん……？」

いつの間にか朝が来た。

柔らかな太陽の日差しがカーテン越しに入ってくる。その光をぼんやりと見つめ、天井を見上げた。

——あれ、うちの天井じゃない？

ダウンライトが嵌《は》められた天井はホテルのように高くて開放感がある。冴月の部屋の天井より明らかに高い。

「まさか寝てた……？」

——薬に頼らずに？　夢も視なかった気がする。

頭がすっきりしている。慢性的な寝不足で常にだるさを感じていたのが嘘みたいだ。

一体何時間眠っていたのかはわからないが、身体の疲労は回復しているようだ。このベッドが寝心地抜群なのかもしれない。

――特に冬になると寝られなくなっていたのに、熟睡できたなんていつ以来だろう。この寝具がいいのかな……って、どこだっけ？　ここ。

まだ頭がぼんやりしている。ホテルに泊まりにきたのかと記憶を手繰り寄せていると、腹部に誰かの腕が回った。

「……まだ早い」

呟きにつられて背後を振り返る。

羽毛布団をかけた男の肌色の面積がやけに広い。冴月を抱きしめる腕も衣服を纏っていない。

「……え？　え!?」

――待って、昨日なにがあったっけ！

雪崩《なだれ》のように記憶が蘇ってくる。

煌哉の寝室に連れ込まれて、抱きしめられたまま寝てしまったことを思い出した。ギリギリまで抵抗したのだが、力尽きて寝てしまったらしい。

「……っ！」

――私って図太い……って、獅堂さん服着てない！　いつの間に脱いで……!?　あ、私の服は！

幸い自分はワンピースを着たままだ。

一日外で着ていた服のまま寝てしまったことに驚くやら安堵するやら。だが脱がされていたら絶叫しただろう。

煌哉が一体いつ、どうやって服を脱いだのかはわからない。

それに、脱いだのは上半身だけ？　という疑惑も湧いてくる。

布団をめくって確かめることはできないが、一度気になりだすと落ち着いてなどいられない。

——こんなに布切れ一枚の重要性を考えたことはなかった！

顔がゆでだこになりそうだ。だがそれよりも、目が覚めたのなら一刻も早くこの場から立ち去りたいし洗面所を使いたい。

「獅堂さん、起きてください。ちょっと離れて」

「ん……ぅ」

なにやら悩ましい声が響く。寝起きの声とはこんなに色っぽいものなのか。

「ダメですよ、寝ないで。二度寝は後で！」

腕の拘束が緩み、ようやく煌哉の腕から逃れられた。

そのまま起きようと布団をめくる。

だが勢いよくめくりすぎた布団はベッドの下にずり落ちた。煌哉の身体が露わになる。

「あ」

「……寒い」

「……ッ！」

——全裸！

絶妙な角度で大事なところは見えていないが、一糸纏わぬ姿で寝ていた。当然下着すら穿いていない。

「ひぃ、えぇぇ……ッ！」

——なんで!? どうしてこんなことに！

全裸の男に抱きしめられて熟睡していた自分はどんな神経をしているのだ。

いつになくぐっすり眠れていたけれど、それはきっと寝具が身体に合っていたからに違いない。

——お、起きなきゃ……！

慌てて床を目指す。だがキングサイズのベッドは無駄に広く、そしてなにやら足首に違和感を覚えた。

「いた……？」

左の足首がズキズキする。昨日までは感じなかった痛みだ。

「あれ、ちょっと腫れてる？ なんでだろう」

ストッキング越しに確認すると足首が赤く腫れていた。

思い当たるのは昨日のナンパで無理やり車に乗せられそうになり、変な力を入れて踏ん張ってしまったことくらい。そのときに痛めたのだろうか。

慣れないハイヒールを履いていたことも裏目に出たのだろう。捻挫とまではいかないが、しばらく大人しくしたほうがいいかもしれない。

「……どうした。足を痛めたのか？　ちょっと待ってろ、湿布探してくる」

あくびをしながら煌哉が立ち上がった。

全裸の男の身体を正面から見上げてしまう。

「――ッ！　服を着てください！」

思わず枕を投げつけてしまったのは悪くない。絶対。


ひとまず湿布を貼り、洗面所を使わせてもらった。

化粧を落とさず寝落ちしてしまった顔は直視できたものではない。

「酷い顔すぎる……アラサーの肌が……！　目の下に色素沈着が！」

洗面台も贅沢にふたつ備わっていた。外国のホテルのようなシンクもオシャレだ。

獅堂グループがいくつもホテルを経営しているからなのか、煌哉から数種類のアメニティを渡された。

すべて有名な化粧ブランドとのコラボ品で、一通りの必需品が入っている。

――どれがいい？　って渡されたけれど、全部気になる。

とりあえず化粧を落とせて、しっかり保湿ができればいい。

クレンジングオイルを使用し念入りに化粧を洗い流した。

顔はさっぱりしたが頭も洗いたい。一晩寝たというのに、ヘアセットがさほど崩れていないとはどういうことだろう。さすが美容院でセットしただけある。

「髪の毛洗いたいけど、人様の家でシャワーは浴びたくないからな」

着替えもないのだから仕方ない。

スキンケアを念入りにし、化粧直し用に持ち歩いていた下地とクッションファンデを肌に乗せる。

瞼にブラウンのアイシャドウを軽く塗って、アイライナーを引いた。眉毛を埋めれば人前に出ても問題ない程度には顔が作れた。

「マスカラはいいか。また落とすもの」

煌哉の前でスキンケア後の顔を見せる勇気はないが、マスカラを塗らないのは許容範囲内だ。

ワンピースについた皺を軽く手で伸ばしてリビングへ向かった。湿布を貼っているためストッキングもタイツも穿けないのが心許ない。スウェットとかに着替えたいところだ。

「洗面所、ありがとうございました」

キッチンの人影に声をかけた。

先ほどとは違い、きちんと服を着込んだ煌哉がコーヒーの準備をしている。

「ああ、お帰り。足は痛むか？」

「あまり重心をかけなければ大丈夫そうです。でも湿布のおかげでマシになったかと」

煌哉の顔を直視できない。脳裏に彼の裸体が蘇りそうになる。

——寝起きになんてものを……！

免疫がなさすぎて動揺したのも恥ずかしい。いや、あれはちゃんと怒っていい場面だった。

「しばらく踵が高い靴は控えたほうがよさそうだな」

キッチンの近くにあるダイニングテーブルに誘導される。椅子を引かれて座るが、なにか手伝ったほうがいいのだろうか。

「あの、なにかお手伝いできることありますか」

「いいや、座っててていい。コーヒーは飲めるか？　紅茶もあるが」

「はい、コーヒー好きです」

なにやら香ばしい匂いが漂ってくる。

「口に合うといいが」

「ありがとうございます。いただきます」

カップに注がれたコーヒーは喫茶店の味がした。コク深くて爽やかな酸味とフルーティーさも感じられる。

「おいしいです。獅堂さんはバリスタの経験が？」

「そんなものはないが、ひとり暮らしを始めて自然と覚えただけだ」

――ひとり暮らしで覚えるスキルって、お気に入りのインスタントコーヒーを見つけるくらいじゃない？

冴月も自宅でコーヒーを飲むが、精々インスタントのドリップ式を淹《い》れるくらい。コーヒーメーカーさえ持っていない。

マグカップも一個あれば事足りる。人を招くこともないため、カップ類は二個しか持っていない。

――なんとも優雅で上品な味がする……。

先ほど見せられた全裸の光景も中和されそうだ。……いや、まだ脳裏にべったり貼り付いているが。

思い出すと赤面しそうになるので意識的に記憶から追い出した。付き合ってもいない女性に全裸を見られても狼狽えない男が存在するなんて信じられない。

――やめよう、おいしいコーヒーを飲みながら考えていいことじゃない！

これを飲んだら帰ろう。

時刻はちょうど朝の八時を過ぎた頃。目覚めたのが七時過ぎだったため、どうやら七時間近く寝られたようだ。

こんなにぐっすり眠れたのは久しぶりすぎて、身体は憑《つ》き物が落ちたように軽い。やはり疲労回復には睡眠が不可欠だ。

「朝からずっと考えていたんだが」

煌哉が飲み干したカップをソーサーに戻す。

「はい、なんでしょう」

冬に全裸で寝るのは風邪をひくとか、そういうことだろうか。それとも昨日飲み過ぎた件だろうか。

——そういえば記憶は残ってるのかな。飲み過ぎたっていう自覚があるのかしら。ウイスキーを飲んで狛居が迎えに来たところは覚えているのだろうか。ここに自分がいることに疑問を抱いていない時点で、記憶は失っていないようだが。

「ここで俺と一緒に住まないか」

「……は？」

聞き間違いだろうか。いきなり同居を提案された。

——ルームシェアってやつ？　いやいや、無理でしょ！

「まだ昨日のお酒が残っているようですね。お水持ってきます」

パントリーの場所なら覚えている。なんなら冷蔵庫から冷たいミネラルウォーターを持ってこよう。

「俺は酔っていない。正常だ」

「酔っ払いはみんなそう言うんですよ。冷たいお水がいいですか？　冷蔵庫開けますね」

冷蔵庫の中は見事に飲み物しか入っていない。

——自炊はしないんだろうな……調味料もないとは珍しい。

とりあえず二本持ってダイニングテーブルに戻ると、煌哉が若干不機嫌そうに眉を顰める。

「俺は酔っていないぞ」

「そうですか。はい、どうぞ」

「……貰おう」

お酒が残っていなくても冷静さは取り戻してほしい。冷たい水で喉を潤す姿をじっと見つめる。

——飲料水のＣＭに出られそうだわ。あ、でも爽やか系とは路線が違うかも？　セクシーなワイルド系で売りに出したらさぞかし……なんて頭が現実逃避をしそうになるが、うまくうやむやにはできなかった。

「それで返事は？　引っ越しはいつにしようか。荷物は俺も手伝おう」

「いえ、住みませんよ？」

いきなり引っ越しの話をされて動揺しつつもきっぱり断る。曖昧《あいまい》な態度ではうまく言いくるめられてしまいそうだ。

——昨日出会ったばかりの人間に同居を提案なんてどうかしてるわよ。

狛居を呼ぶべきだろうか。彼のほうが常識人だろう。多分。

だが深夜に呼び出しを食らったと言っていたし、日曜日まで仕事をさせるのは忍びない。

「安心していい。部屋なら余っている」

「そういう問題では」

「寝るときは同じ寝室になるが」

「安心どこ行った」

つい突っ込んでしまった。矛盾にもほどがある。

「あの、あまり私をからかわないでほしいのですが」

「俺は本音しか言っていない」

すらりとした脚を組み替えて、頬杖をつく仕草もいちいち絵になる男だ。冴月に冗談だと思われて少しムッとしている表情さえ魅力的に映る。

「本音と言われても……」

——無理。こんな観賞用としか思えない美形と一緒に暮らすなんて神経が休まらない！

冴月は仕事はきっちりこなすが、プライベートは大雑把だ。脱いだ服が至るところに散らばっているし、洗濯はまず服を集めるところから始まる。

できるだけ家事に時間を使いたくなくて、ボタンひとつで乾燥までしてくれる洗濯乾燥機を使用し、畳むのが面倒なので洗濯機の中から乾いた衣服を選ぶほど。

オートクチュールしか身につけないような男と、じゃぶじゃぶ洗って乾燥機にかけても傷まない服をあえて選ぶ女とでは生活レベルに格差がありすぎる。

「獅堂さんはちょっと危機感が足りてないと思います。昨日だって私が善人のふりして転売できそうなものを盗んで逃げていたかもしれませんよ。あげくに同居を提案するなんて、どうかしてます。私が悪女だったらどうするんですか」

「悪女か、いい響きだな。俺を誘惑したいなら思う存分してみせろよ」

「なんでうれしそうなんですか……」

――ダメだ、わからない。この人がなにを考えているのかさっぱりわからない！

冷たいペットボトルを握りしめる。なにかに触れて気を紛らわせないと煌哉のペースに呑まれてしまいそう。

「君が悪女なら俺の見る目がなかっただけだ。それならそれで構わん。俺と一緒に寝てくれればそれでいい」

「え、まさか身体目当てで……？」

やはり貞操の危機かもしれない。

二十八年間大事に守って来たわけではないが、気持ちが伴わない行為で散らすものでもないと思っていた。

「そういうのはプロの方へ……私では力不足です」

帰ろう。

椅子から立ち上がろうとすると、煌哉が「そうじゃない」と反論する。

「俺は元々眠りが浅いんだ。熟睡なんて滅多にできない。人の気配がする場所で眠るなんてことはあり得ない」

「……はあ？」

思わず椅子に座り直した。どうも話の先が見えない。

「でも昨日お店で寝てましたよね、狛居さんが来るまで。私何度も起こしましたけど、獅堂さん全然起きる気配がありませんでしたよ」

「それがまず普通じゃないんだ。こんなこと今まで一度もなかった」

「一度も？」

「ああ、物心がついてからずっと。三十年近くだな」

煌哉は今年で三十三になったそうだ。

冴月は今月末に誕生日を迎えるので四歳差と言えるだろう。

数歳年上だとは思っていたが、確かにそのくらいかもしれない。前髪を下ろしていると昨日よりは若く見える。

「人の気配があるところで寝られないって、修学旅行とかはどうされたんですか？」

「ひとり部屋だったな」

――それは修学旅行というよりただの旅行では……っていうかひとり部屋の修学旅行なんてあるんだ。

「熟睡ができないというのは、不眠症の類《たぐい》ですか」

「そういうわけではない。俺のは遺伝的な体質らしい。だが、ぐっすり眠れたと感じたことはほぼない。昨晩を除いて」

「……へえ？」

平常心を装いつつも、内心動揺している。

――私が熟睡できたと思ったのと同じように、獅堂さんもよく眠れたってこと？　なんで？　それじゃあベッドのおかげではないの？

冴月も寝具類にはこだわっている。あれこれ枕を試し、オーダーメイドまでしたけれど結果は変わらずだった。

寝られないのは身体のせいではなく精神的なものからくるため、身体がリラックスしていても頭の緊張は解かれないまま。何度も夢で目が覚める。

夢も視ずに熟睡できたと感じたのは数年ぶりのこと。薬に頼らずに寝られるなら藁《わら》にも縋《すが》りたくなる。

「きっとたまたまですよ！」

冴月は営業スマイルを作った。本心を隠して。

「そうかもしれないな。だが、そんなまぐれが二度も起きたらどうなる？」

「え？」

「二度目はまぐれとは呼べんだろう」

煌哉の視線が冴月とぶつかる。

朝日に照らされた部屋の中で、彼の視線の鋭さに息を呑んだ。

「だから今夜も試したい。君を抱きしめたまま眠ればまぐれかどうかがわかるだろう？」

「む、無理です！　全裸で寝る人と一緒になんて嫌ですからね！」

「寝苦しくて脱いだんだろうな。就寝中に服を着るのはどうにも窮屈で」

煌哉がVネックの薄手のセーターの襟元をグイッと引っ張った。鎖骨がチラリと見えている。

――フェロモンをまき散らすの禁止にしたい！

無意識の行動だとわかっているが目の毒すぎる。

「ここで脱がないでくださいね。服が窮屈で嫌なんて獣《けもの》じゃないんですから」

服を着たがらないペットの犬を思い浮かべる。

「そうだな、俺も獣なのかもしれない」

煌哉がニヤリと笑った。意地の悪い笑い方も実によく似合う。

「だがこちらが頼んでいる身だ。譲歩してパジャマを着よう」

「え」

「パジャマを着たら問題は解決だな？　見たところ君も昨晩はよく寝られたんだろう」

「……っ」

初対面の男の部屋のベッドでぐっすり眠るなど、危機感がないのは冴月のほうだ。何故熟睡できたのかさっぱりわからない。

——二度試したらまぐれかどうかがわかる……？

理性がグラグラ揺れる。

気持ちよく寝たいという欲求はとても強い。睡眠障害に悩む人なら誰もが思うことだろう。人間の三大欲求は食欲、睡眠欲、性欲なのだから。

——うう……こんなの絶対よくないってわかっているのに、他のことなら拒絶できるのに。

抗いきれないなにかがある。

冴月は絞り出すような声を出した。

「……わかりました。引っ越しはしませんが、今夜試すくらいなら」

「お試し期間は最低一週間ほしい。酒が入っていたことが要因なのか、平日でも同じ効果があるのか。日常生活を送りつつ検証するほうがいいだろう」

「…………た、確かに？」

丸め込まれないようにと思っていたのに、煌哉が言っていることが理解できてしまう。

――私、ちょろすぎでは！

常識ではあり得ないことに頷こうとしている。そんな状況、自分でも理解できない。

「良質な睡眠は寿命にも影響する。仕事のパフォーマンスも上がるし疲労もとれる。試せることは何でも試さないとな」

「……わかりました」

つい煌哉が提示したお試し期間一週間に頷いたが、なんだか悪魔に誘惑されている気分だ。

「……とりあえず家に帰っていいですか？　シャワーを浴びたいので。あと着替えとか取りに行かないと」

「シャワーを浴びる前に冴月の匂いを嗅《か》がせてほしい」

「は？　嫌ですよ!?」

冗談か本気なのかはわからないが、この発言はアウトだ。

──それに織宮さん呼びだったのに、いつの間に冴月って……！

距離の詰め方がおかしい。彼は誰とでもこうなのだろうか。

だが得体の知れない男の提案に乗ってしまう自分も大概おかしいのかもしれない。頭はすっきりしているため、睡眠不足の言い訳は使えそうになかった。

◆◆◆

煌哉のマンションからタクシーで帰宅した。車を出すと言われたが、生憎《あいにく》冴月のマンション付近には駐車場がない。

自分ひとりで帰宅すると言うも「荷物持ちだと思えばいい」と煌哉まで一緒についてきた。冴月の心変わりを疑っているのだろうか。

「あの、駅前にカフェがあるので、モーニングでも食べててください。ゆっくり座れてメニューも豊富でおいしいですよ」

話し合い後すぐにタクシーを呼んだため、まだ朝の九時過ぎだ。冴月は朝食を抜くことが多いが、煌哉は朝ごはんをしっかり食べる派かもしれないと思ってそう提案する。

「後で私も合流しますので。シャワーを浴びて荷造りもするので、一時間半ほどかかると思いますが」

「俺も手伝おう」

「いえ、それは遠慮します」

——人を招ける状態だったか覚えてないもの。

平日に散らかした部屋を土日で片付けるのがルーティンになっている。

普段から気をつければいいと思うのに、なかなか散らかし癖が直らない。仕事以外の家事が非常に億劫なのだ。

「君が忙しくしているのに俺だけのんきに朝食を食べろと？」

「私はまったく気にしませんから」

「ふたりでやったほうが早い。それに冴月の部屋に興味がある」

——本音はそれか！

マンション前で話し合うのも人目につく。普段は周囲を気にしないような人たちも、煌哉を見かけると二度見していた。

「……わかりました。言っときますけど、都内のひとり暮らしの部屋なのですっごく狭いですからね？　あと散らかり放題で汚いですよ」

「ほう、ますます面白いな」

見るからにワクワクしている。そんなに興味深いものなど置いていていない。

「ロビーがないのか。管理人もいないぞ」

「いないのが一般的なんですよ」

エントランスを入ればすぐに郵便受けだ。宅配ボックスがあるので不在時でも楽に荷物を受け取れる。

郵便物を確認し、オートロックの扉を開く。すぐにエレベーター乗り場があるため、非常にシンプルな造りだ。

「十階建ての四階か。部屋数はそんなに多くないな」

「そうですね。一フロアに三部屋なので」

一階に部屋はなく、二階は美容室になっている。三階からが居住スペースだ。

駅から徒歩五分。近所には商店街もあり、夜道は街灯と人通りも多いので安心して帰宅できる。駅にはショッピングモールも入っており、わざわざ遠出をしなくても近所ですべて揃えられる。生活がしやすいので人気が高いエリアだ。

「どうぞ……」

煌哉を玄関に入れると、狭いスペースがいっぱいになる。玄関に靴を放置していなくてよかった。

玄関前の引き戸を開けると、トイレと浴室、キッチンなどの水回りが集中している。玄関と廊下を遮る引き戸があるので、来客のときは廊下が丸見えにならなくていい。

「なるほど、これが１Ｋという部屋か。コンパクトだな」

「ええ、これがオーソドックスな造りですよ。あ、ちょっとこの辺で待っててください。中見てくるので」

煌哉の目が物珍しそうに動いていた。天井も低いとでも思っているのだろう。

――デカい男の人がいると圧迫感があるわね……。

扉を開けてリビング兼寝室に入る。記憶の通り、ベッドは布団がめくれたままでパジャマも脱ぎっぱなし。床の上にはエコバッグやらまとめておいたペットボトルなどが放置されている。

――なんかこう、散らかるのよね。

ソファに放置された服をまとめて、床に落ちているものを拾い上げる。ベッドは適当に布団とベッドカバーをかけて、パジャマも隠した。

拾った服をすべて洗濯機に入れたいところだが、これから荷造りをしなくてはならない。

「キャリーケースはどこにしまったっけ」

クローゼットの奥にしまい込んでいたはずだと探していると、「この段ボールは空なのか？」と声をかけられた。

「え？　あ、待ってててって言ったのに！」

「一応開けるぞと声をかけたぞ。返事がなかったから開けた」

「それ声をかけた意味がないでしょう」

見られてしまったなら仕方ない。

ずぼらな女だと思って幻滅したらいい。

「それはネットで購入して届いた荷物の空き箱です。片付けるのが面倒でちょっと放置してました」

「中身が空なら捨てればいいだろう」

「段ボールを片付けるのが嫌いなんですよ」

なんとも色気のない会話である。一応マイルールとして、到着後三日以内に片付けるようにはしているが。

——個人情報のラベルをペンで塗りつぶすのも面倒……でも手軽に頼めるからポチッちゃう。

極力ゴミを出したくないのだが、ネット通販は忙しい現代人の味方だ。

「わかった。この辺を片付けておけばいいんだな。君は先にシャワーを浴びてきたらどうだ。後は荷造りだけだろう」

「え？　いいんですか？　ほんとに？」

客人である煌哉が率先して部屋の片付けを手伝ってくれるとは。ここまで来たらソファに座らせてテレビでも見させておこうと思っていたが。

「ああ、任せておけ」

なんとも頼もしい発言である。掃除や片付けはプロに任せて一切しないお坊ちゃまではないらしい。

「二十分で出てきます！」と言い残し、冴月は着替えを持って浴室に籠《こも》った。手早く髪と身体を洗い終え浴室を出ると、ニットのワンピースとジーンズを身に着ける。

髪を乾かしメイクを終えると三十分が経過していたが、部屋に戻ると床に散らばっていた細々したものがなくなり、すっきりしていた。

「資源ゴミをまとめておいた。後でゴミ捨て場に持って行くぞ。服の候補も選んである。通勤用とプライベート用だ。下着は最低限のマナーとして触っていない。さあ、選べ」

ソファの背もたれにかけられた服はオフィス用のトップスが四着、スカートとパンツが一着ずつにワンピースが一着。ニットのセットアップが一着で文句のつけようがない。

「色味が地味すぎるな。白、黒、茶色ばかりだ。小物は少し派手にしたほうがいい」

「あ、はい、完璧です。ありがとうございます……なにからなにまで」

脳が現実逃避しそうになっていた。まさかコーディネートまで提案されるとは。

「どういたしまして。他に入れるものがないならキャリーケースに詰めていくぞ。まあなにか忘れても取りにくればいい。うちにも一通り揃っているが」

促されるまま荷造りをする。下着も適当に旅行用のポーチに詰めた。

自分が培ってきた常識とは一体なんだったのだろう。

――本当にいいのかな？　一週間お試しで一緒に住んで大丈夫かな？　私、騙されてない!?

至極当然な疑問がこみ上げる。

でも冴月を騙して得られるメリットが思い浮かばない。

「あの、やっぱりやめません？　こんな急な同居生活」

「それなら俺がこの部屋に住むが」

「狭いので無理です」

狭いと言っても冴月の部屋はソファを置ける程度には広い。クローゼットの収納も広々としているし、小さなカフェテーブルも置けている。

だがどう考えてもふたり暮らしには適さない。煌哉が住むにはセキュリティ面も不安だ。

「あまり深く考えすぎなくていいんじゃないか。無理だと思ったら一週間未満でやめればいい」

「はあ、そうですね……それならまだ気が楽かも？」

どちらかが我慢しなくてはいけないような状況になれば解消する。そんなお試しの同居生活だ。

――いいように流されている感は否定できないけど、強く拒絶できないのはなんでだろう。

煌哉が好ましいからだろうか？

いくら顔がいいとはいえ、彼に惚れているわけではない。率先して部屋を片付けてくれたところにはちょっと胸がくすぐられたが。

――あれ、私のトキメキポイントとは……？　苦手なことをやってくれる人？

それは異性に向けるトキメキではないのでは。恋愛経験が少なすぎてわからない。

「終わったようだな。じゃあ行くぞ」

「あ、はい」

ぼんやりしている間にキャリーケースが閉じられた。颯爽と玄関に向かう手には先ほどまとめた資源ゴミが。

「戸締まりは大丈夫か？」

「はい、窓の鍵も閉めたので。玄関を閉めたら大丈夫です」

通勤用で愛用している踵の低いパンプスを履いた。足首には新しい湿布を貼っている。

――二十四時間ゴミ出し可能な物件でよかった。

煌哉が地下のゴミ置き場に資源ゴミを捨てる姿を狛居が見たらどう思うだろうか。そんなことをさせるなんてと冴月が怒られるか、珍しい光景に爆笑するか。

――すっごく笑いそう。というかこの同居生活にも笑いそう。

迎えに来たタクシーに乗り込みながら、狛居が驚愕する光景をつい想像していた。

第三章

知り合ったばかりの男性と同衾《どうきん》なんてどうかしている。

理性的な自分がそう常識を語ってくるのに、一体どういうわけなのか。冴月は二日連続ですっきりした朝を迎えた。

——何故なの。今日もぐっすり、夢を視ずに眠れたわ……。

窓から薄っすらと入ってくる朝日を見つめる。目覚まし時計はまだ鳴っていないが、今朝まで熟睡できたようだ。

そして背中に感じる温もりは煌哉のものだろう。昨夜は「抱きしめる代わりに手を繋いで寝たい」と言った彼に同意して手を繋いだまま眠ったのだが。いつの間にか今朝も背後から抱きしめられている。

——やはり私は抱き枕代わりなのかしら。

つい数日前の自分なら、人と住むのも一緒に眠るのも考えられなかったが、熟睡という言葉には抗いきれない魅力が込められているらしい。

良質な睡眠のためならそのくらいいいじゃない。なにかが減るわけじゃないんだから！　と、冴月の本能が訴えている。冬になると、それほど慢性的な寝不足が酷いのだ。

――獅堂さんもよく寝てるみたい。私が起きたことにも気づいていない。

果たして二日連続で眠れたことは、たまたまと言っていいのだろうか。もしかしたら他の人で試しても同じ効果が得られるかもしれない。

――世の中添い寝だけする関係性とかあるのかな。

ハグはするけどキスはしない。性的な関係にならなくても恋人同士にはなれるけど、冴月と煌哉はその段階ではない。ただの同居人、いや冴月が居候の状態だ。

きっと世の中には明確に説明できない人間関係もあるだろう。知人友人恋人にも当てはまらない。そんな曖昧な関係も居心地がよさそうだ。

――昨日は買い物で一日終えちゃった。この家、調味料も食料もないんだもの。

毎日外食は身体に悪いし懐も痛い。自炊ができる日はなるべく自分で作るようにしている。平日の煌哉の帰宅時間はわからないが、夕飯前には帰宅すると言っていた。冴月の手料理に興味津々らしい。

一般家庭の簡単な手料理しか作れないので、過度な期待はしないでほしいが。

彼は一流シェフが作った食事ばかりを食べていて舌が肥えてそうだから、口に合わないかもしれない。

――少し早いけど朝ごはんの支度をしよう。お味噌汁を作って卵を焼いて、鮭の塩焼きはコンビニで買ったのがあるからレンチンして。あとは納豆と梅干しがあれば十分かな。普段はコーヒー一杯で済ませてしまうが、早起きしたならきちんとした食事をとりたい。

だがその前に、煌哉の腕の拘束をどうにか解きたい。

腹部に回る腕をそっと持ち上げる。今朝は簡単にほどくことができた。

――私の代わりに枕でも抱かせておくか。

彼がパジャマを着たままなのを確認し、無言で頷く。やはり真冬に全裸はどうかと思う。

◆◆◆

「おはようございます、織宮さん。あれ？　なんかいいことありました？」

出勤後、同僚の宮坂誠一《みやさかせいいち》に尋ねられた。

いいことと言われても特に思い当たる節がない。冴月は首を傾げる。

「熟睡できたことくらいしか……」

「あー睡眠大事ですよね。だからかな、織宮さんいつもより顔色がいいですね」

――化粧で隠していたのにバレてた。

冴月は笑顔を貼り付けたまま反省した。この時季は血色を気にして普段よりメイクを濃くし、頬紅も入れているからごまかせていると思っていたのに。

「学生時代はいくらでも寝られたのに、大人になるとなーんか熟睡できなくなりますよね。あれなんなんでしょう」

宮坂が椅子に座りながらぼやく。通勤鞄をデスクに置いた音が重く響いた。

「宮坂先生、またファイルでも持ち歩いてますか？　鈍い音がしましたが」

「うん。ちょっと資料をいくつか拝借してて。無理やり鞄に突っ込んでるんですよ」

分厚いファイルが出てきた。よく持ち運べるものだと感心する。

冴月が働くのは都内にある法律事務所だ。

地元を離れて上京し大学の法学部を卒業後、弁護士のアシスタント、いわゆるパラリーガルとして働いている。

弁護士を目指そうと思ったこともあったが、しばらくパラリーガルとして働くにつれて自分はサポート役のほうが合っていると気づいたのだ。

元々大手の弁護士事務所に所属していた所長が独立し、新たに作ったのがこの宮坂法律事務所だ。社員は十名ほどで、宮坂誠一は事務所の代表の息子である。

冴月より一歳年下の二十八歳で、人懐っこく爽やかな笑顔が老若男女に好かれる男だ。宮坂のアシスタントを任されて一年ほどだが、彼との仕事は非常にやりやすい。機転が利いてユーモアもあってコミュニケーション能力も高く、社会人として見習いたい。

「宮坂先生、今日は十時からアポが入ってます。ご主人が既婚者であるのを隠してマッチングアプリに登録し恋人を作っていたので、ご主人と浮気相手に慰謝料を請求して離婚したいと」

「またその類か……」

そう言いたくなるのも無理はない。冴月たちが扱う相談の多くが離婚に関するものだ。特に昨今では気軽に新しい出会いを見つけられるため、既婚者に騙されたという男女からの相談も多い。

「この仕事やってるとさ、ほんと恋愛なんてする気が起きないですよね。みんななんで結婚するんだろう。愛情なんて時間とともに薄れていくのに」

――まあ、先生も離婚家庭で育っているから余計そう思うのかも……。

結婚生活が成功する人と失敗する人の違いがなんなのかは一概には言えない。人からの紹介でも見合いでもアプリでも、いい出会いをする人は山ほどいる。

けれど残念ながら結婚生活が破綻する人も大勢見ている。そんな人たちの救済の手助けをするのも冴月たちの仕事だ。

――私たちにできることなんて限られてるけどね。

この仕事をするようになってから、冴月の結婚願望は余計弱くなっていると言っても過言ではない。

マッチングアプリを使ったことはなくても情報だけは入ってくるので、気軽な出会いを求める気にもならない。一昨日煌哉と初めて会ったとき、もしもアプリで待ち合わせていた場所に彼が現れたら完全に詐欺だと疑っていただろう。

「いつか傷つくかもしれなくても、誰かと繋がりたいと思うんじゃないですか」

当然傷は浅いほうがいいし、最初からできないほうがいい。

お互い相手に尊敬されて、大切にされているという実感がずっと続いて行けば良好な関係を保てるはずだ。それは理想論なのだろうか。

「……じゃあ織宮さんも、誰かと繋がりたいって思う人？」

探るような目を向けられる。

口元は弧を描いているのに、何故だか宮坂の目力が強い。

「私は自由気ままに生きていきたい人ですね。人と一緒に住める気はしないので」

――そう、今まで本当にそう思ってきたけれど。獅堂さんとの同居生活はどうなるやら。

家事は基本外注しているため、掃除洗濯はする必要がないと言われている。だが洗濯くらいは自分で行いたいし、なるべく料理もしたい。冬はほとんど毎日鍋ばかりになるが。

「やっぱりか。残念」

――残念？　なにが？

宮坂が席を立つ。理由は聞きそびれてしまった。

いつも通り十八時に仕事を終えた。スーパーに寄って、煌哉の家に向かう。

自宅よりも煌哉の家から通勤するほうが近かった。乗り継ぎもなく、電車で十五分で帰宅できることに驚いた。

「体力的に楽すぎる。さすが都心の一等地」

これまで日中はカフェインをがぶ飲みして眠気を覚ましていたが、今日はきちんと睡眠がとれているため一度も眠気を感じることがなかった。書類を読んでいても目が滑ることもなく、仕事の集中力も上がっている。

あと六日、煌哉との同居生活を続けてから結論を出したいが、特定の誰かが傍にいることで良質な睡眠を得られる理由はなんだろう。

一番は匂いだろうか。彼の匂いを嗅ぐと落ち着く気がする。目には見えないフェロモン物質が煌哉から放たれていて、それが遺伝子的に冴月ととても相性がいいのかもしれない。

――いや、遺伝子的に相性がいいって動物的すぎるわね。

人間も動物だが、本能的ななにかを感じ取っているのだろうか。

食材を選びながら一週間後について考える。もしも身体が煌哉の傍で寝られると判断しているのなら、それが彼から放たれる匂い物質の影響であるなら、なにか彼が身に着けているものを拝借したらいいのではないか。

——ハンカチとか？　いや、ハンカチはそんなに匂いが移らないか。じゃあワイシャツとかかな？　でも「あなたが一日身に着けていたワイシャツを貸してください」なんて絶対言えない。

あまりにも変態的すぎる。

そんなことを考えながら、冴月は自分から彼にメッセージを送っていた。今朝は夕飯までに帰宅できると言っていたが、夕飯はどうするかという確認だ。

「こういうの鬱陶《うっとう》しいかな？　平日はお互い好きにしたほうが気兼ねないかも」

仕事中に連絡が入るのは煩わしいかもしれない。

【豚キムチ鍋を作っています。もし外食の予定がなければ食べられますか】

散々悩んだ末に送ったメッセージはすぐに既読がついた。

【十九時半までに帰る。なにかほしいものはあるか？】

「あと三十分で帰宅ならちょうどいいかも」

ほしいものは特にないと返信するが、それだけだとあまりにそっけないかと思い可愛いキャラクターのスタンプを送った。「お気をつけて」のメッセージ付きだ。

「こういうやり取り、慣れなさ過ぎてわからない……！」

なんだか無性にむず痒い。友人関係じゃなく、年上の男性にスタンプを送ってもいいものなのかもわからない。

失礼じゃなかっただろうか。今流行りの可愛いキャラクタースタンプは万人受けするものので使い勝手がいい。不愉快になることもないと思うが。

スマホをキッチンカウンターに置いたと同時に通知が届いた。

【今すぐ帰る】

【ハグしたい】

「……眠いってことかな」

通知を放置し料理を再開する。煌哉は酔っていなくても欲望が駄々洩れになる人なのだろうか。

——今度機会があったら狛居さんに聞いてみよう。

いざというときの連絡先は貰っているが、緊急の要件がない限り自分からは連絡しないだろう。こまめに煌哉の様子を知りたいと言われれば連絡を取るが、なかなか気が引ける。

白菜、もやし、木綿豆腐、キムチと豚バラを入れて煮込んでいく。ついでに春雨を入れたところでお米が炊けた。

「成人男性がどのくらい食べるのかわからなくて三合にしたけれど、明日の朝まで余るかしら」

それとも締めはうどん派だろうか、ラーメンがいいだろうか。

サラダを作りながらあれこれ考えていると、来訪を告げるチャイムが鳴った。

「ん？　宅配？」

マンションの扉ではなく、玄関前から鳴ったようだ。モニターに煌哉の顔が映っている。

鍵を持っているのにと不審に思いつつも扉を開けた。

「おかえりなさい」

「ただいま」

煌哉が笑顔で両腕を広げた。それは一体なんの威嚇ポーズだろうか。

——アリクイ？

同じことを真似る。

するりと煌哉の腕が身体に巻き付いた。抱きしめられている。

「あ、あの、これは……」

「ハグ。ただいまおかえりのハグだ」

先ほど無視した通知を思い出す。

——まさか本気だったとは……。

背後から抱きしめられたことはあっても、真正面から抱きしめられるのは初めてだ。どうしていいのかわからず困惑する。

「あの、おかえりなさいのハグは約束事に入っていませんでしたけど」

「そうだな。入れてくれたら俺のメンタルが安定する」

スン、と匂いを嗅がれた。

一日汗を流していない状況で体臭を嗅がれるのは遠慮したい。

――なんか背筋がムズムズする……！

なのに嫌ではないなんておかしい。

煌哉との身長差は頭一個分ほど。彼の肩に頭がつくかつかないか。抱きしめるほうは背中を丸めないといけない。

突っぱねてもいいのに、強く拒絶できない。生理的な嫌悪感が出てこないのは一緒に寝ていて安眠できているからか。

煌哉から香るオーデコロンにもリラックス効果がありそうだ。

「織宮さん、料金制にしたほうがいいですよ。十秒千円とか。じゃないとこの人、ずっと離しませんから」

第三者の声が聞こえてハッとする。彼の身体を押し返し、腕から逃れた。

煌哉がわかりやすく舌打ちする。

「邪魔するな、狛居」

「私がいるのを忘れているようなので。それに煌哉様も時間制限があったほうが、理性が働くでしょう？　はい、四十秒過ぎたので五千円支払いましょう」

「ええ？」

酔っ払っている煌哉に財布を出すよう命じた男だけある。

「いいです！　別にいらないですから！」

煌哉が財布を出そうとするので慌てて止めた。

──お金のためにハグするとか思われたくないし！

「え～貰えるものは貰っておいたほうがいいですよ？　むしろ煌哉様が無理やり同居を迫ったのでしょう？　ひと月分の家賃くらい払ってもらったほうがいいのでは」

「一週間でそれはぼったくりすぎです」

それに通勤時間が短縮されてラッキーと思っていたところでもある。煌哉からの提案ではあるが、冴月も納得しているのだ。

何故納得しているのかは自分でもよくわからないが。

「で、お前はなにしについてきたんだ」

煌哉がじっとりと狛居を睨む。

いつ見ても糸目の狛居は飄々とした表情を崩さない。

「それは織宮さんの様子を窺いに。こんなケダモノとひとつ屋根の下なんて、不安に思っていないか心配で心配で。私が酔っ払いの介抱をお願いしちゃったせいでこのような状況になってしまいすみません」

「あ、いえ……えっと」

肯定も否定もしにくい。

——その通りなんだけど、そうですねなんて言うのはちょっと……。

不安に感じることは今のところないが。煌哉もパジャマを着て就寝するので。

——いや、パジャマを着てるからって安心なんてことはないんだけど！　でも貞操の危機をあまり感じないっていうのもおかしいかも……。

煌哉を異性として意識していないのだろうか。いや、彼が自分相手に欲情することはないという自信があるのかもしれない。なにせ黙っていても美女が寄ってくる男だ。

「とりあえず狛居さんも一緒にお夕飯いかがですか？　お鍋作ってたんです。お米も炊けたところですよ」

「手作りご飯ですか。それはうれしいですね～。煌哉様がずっとソワソワしていたのがもう面白……いえ珍しくて」

「お前それが本音だろう」

いつになく浮き立っているからついてきたらしい。

ただ具材を入れて煮込んでいるだけなのに、少々期待値が高すぎないか。

——ハードルを上げられてる気がする……。

だが市販の鍋スープの素を使っているので、味にハズレはないはずだ。食材も多めに買っているので足りるはず。

……そう思っていたのだが。腹ペコの成人男性ふたりの胃袋を少々甘く見ていた。

——買ってきたお肉全部使っちゃったわ。

はじめは豚バラを煮込んでいたが、それだけでは足りないと思い肉を追加した。しゃぶしゃぶ用の薄切り肉を三パック購入していたのだ。

余ったお肉は生姜焼きにしてお弁当に入れようと思っていたのだが、気づけば全部平《たい》らげている。

今は冷凍の水餃子を追加したところだ。炊飯器にはお茶碗一杯分も残っていないため、締めは雑炊《ぞうすい》よりうどんのほうがいいかもしれない。

「うまかった」

「こんなにおいしい食事は久しぶりです」

「それはなによりです。もう満腹でしたら締めはやめましょうか。雑炊ですと少々量が足りないのでうどんにしようかと思ってましたが」

「どっちもだ」

「どっちも入れましょう」

煌哉と狛居の意見が被っている。

なんだか見えない尻尾《しっぽ》をブンブン振っていそうだ。

──炭水化物ばかりだけど、いいのかな。まあ、いっか。

溶き卵も入れたいということで、雑炊うどんが出来上がった。冴月はもうお腹がいっぱいで、自分の分はほんの少し取り分けて後はすべて煌哉と狛居に任せた。

──ふたりとも体格がしっかりしているし、学生時代は運動部だったのかな。

冴月の双子の兄は線が細く、あまり食に興味がなかった。どちらかというと冴月のほうがよく食べていた。

食べ盛りの男子学生の実態を体験してこなかったため、なんだか綺麗に平らげてくれるふたりを見ているのが清々しい。こうして食卓を囲むという行為もいつぶりだろうか。

「うまかった。ごちそうさま」

「ごちそうさまでした」

手を合わせて言うところが礼儀正しい。冴月の背筋がピンと伸びる。

「お口に合ったようでよかったです。食後のお茶淹れてきますね」

「いえ、それは私が。織宮さんは座っててください」

狛居がキッチンに向かう。彼のほうがこの家のキッチンを熟知しているだろう。

「洗い物は俺がする。夕飯の準備、大変だっただろう」

「いえ、そんなことは。私が食べたかったので」

「だが仕事終わりに食事の支度は負担じゃないか？　無理しなくていいぞ」

基本的に冴月の仕事は定時で終わる。

遅くても十八時過ぎにはオフィスを出られるので、それから夕食の準備をするのはさほど負担ではない。もちろん日に寄るが。

「そうですよ！　煌哉様の財布をじゃんじゃん使っていいんですからね。むしろ今夜の夕飯も我々がほとんど平らげてしまったのですから、食材費を出させてください」

「いえ、そんなお気になさらず」

「おい、狛居。一週間分の食費はいくらが妥当《だとう》なんだ？」

「そうですね、五万くらいでしょうか」

「五万!?　それは盛りすぎです！」

――金銭感覚がおかしい！

「余った分はお小遣いにしたらいいですよ」

狛居がちょいちょいがめついことを言う。糸目がキツネ顔に見えてきた。

「ちょっと待ってろ」

煌哉がどこかへ向かう。すぐになにかを手に戻って来た。

「滅多にキャッシュを使わんから、どこにしまっていたか忘れてた」

そう言いながらテーブルに置かれたのは、福沢諭吉が七人。

「……あの、この七万円は一体」

「とりあえず一日一万換算で合計七万だ」

——これをどうしろと？

食費として受け取るには多すぎる。

「そんなに気負わなくていいんですよ。食費や迷惑料として受け取っておきましょう。もちろんこれを全部使って毎食ご飯を作らなきゃとも思わなくていいです。疲れた日はこのお金で出前を取っても惣菜を買ってきても問題ないですし、使い道はお任せします」

その言葉に煌哉も同意する。

「夕食がいらない日は事前に共有する。冴月の好きにしていいし、うちに滞在中の出費はここから賄《まかな》ってもらえたほうが俺も気が楽だ」

「そうですか……？」

気は進まないが、ここでごねても仕方ない。

「わかりました。ありがたく頂戴します」

——なにに使ったか、レシートの管理はきちんとしておこう。

多分煌哉は気にしないだろうが、仕事柄こういうことが気になってしまう。自分の財布とは分けて管理したほうがよさそうだ。

何事もなく火曜日も終わり、あっという間に水曜を迎えた。

毎朝抱きしめられながら起きることにも慣れてしまった。慣れとは怖いものである。煌哉はきちんとパジャマを着ているので冴月としても文句はない。その文句が出てこない時点で、随分絆《ほだ》されていると思うのだが。

――はあ、今日も化粧乗りがいい。睡眠不足はお肌の大敵って本当だわ。

肌のくすみやざらつきが気にならなくなっている。目の下の隈もほとんどわからなくなった。肌の状態が整ってきたのは気のせいではないだろう。

これは睡眠とホルモンバランスが整っている証拠なのか。

つい『ハグ、ホルモン』で検索したくなってしまう。毎夜、煌哉が帰宅するたびにハグを要求するからだ。

――ハグで健康寿命は延びるんだっけ。あれ、キスだったかしら。

キス……と考えて、何故か心臓が跳ねた。

煌哉とキスなどしたこともないのに。つい想像してしまう。

――ない、そんなことはあり得ないから！

恋人ではない、期間限定の同居生活なのだ。色っぽい関係になど発展するはずがない。それを望むこともおこがましい。冴月は煌哉と恋人同士になりたいわけじゃないのだから。

翌朝。気合いを入れて出勤し、宮坂から頼まれていた資料作成を終えて提出した。予定していた期日よりも数日早い。普段より集中力が上がっているようだ。

「え、もう終わったんですか？」

「はい、なにか不足している点があればお知らせください」

――万年睡眠不足って仕事のパフォーマンスにも影響するわよね。

これまでもミスに気をつけて丁寧に仕事を片付けていたつもりだが、良質な睡眠が得られたことで頭が軽い。いつもより回転が速く感じた。

やはり睡眠は大事だと思いながら帰り支度をしていると、宮坂がにこやかに声をかける。

「今日の予定がなければ、たまには一緒に食事でもどうですか？」

「ありがとうございます。せっかくのお誘いですが今週は予定があるので、またの機会に。お先に失礼します」

「お疲れ様です……」

誰かが宮坂の肩をポン、と叩いたのが見えた。

――宮坂先生って優しいなぁ。私がソロ活が好きだと言うせいで、気を遣って声をかけてくれるんだから。

ひとりでは入りにくい店があれば自分が同行すると名乗り出てくれる。彼の結婚観はシビアなのに、誰にでも愛想がよくて親切だ。

宮坂に気がある女性の事務員がいるため、ふたりきりでの食事は避けている。職場で余計な誤解を招きたくない。

通い慣れた道を歩いて駅に向かっていると、突然通行人の男性から声をかけられた。

「すみません、道を教えてほしいのですが」

「え？」

三十代半ばぐらいの男性だ。普通のサラリーマンのように見える。

もしも声をかけられたのが外国人観光客や高齢者なら警戒しなかったかもしれない。だがスマホを活用できる世代が、見ず知らずの人に声をかけるだろうか。

――まさかまたナンパ？

もしくはスマホの充電が切れて道がわからないというなら理解できるが。冴月は「この辺に詳しくないので」と嘘をついた。

「すぐ近くに交番がありますよ。お困りでしたらそちらへどうぞ」

「あ、ちょっと待ってください。織宮さんですよね？」

「っ！」

ぞわり、と一瞬で鳥肌が立った。

「違います」

そう一言告げて、冴月は一目散に人ごみの中に身を隠す。

――こ、こわ……っ!!　なんで私の名前……っていうか誰!?

一瞬で頭の中に警戒音が響いた。

街中で見知らぬ男から声をかけられるのは二度目だ。気持ち悪さと、言いようのない不安に襲われる。

——無理無理無理、一体なんでこんな変な状況が立て続けに!?

短期間で誰かに名前を呼ばれるなど今までなかった。しかも今回は職場の近くだ。これまでのクライアントなら冴月も覚えているし、クライアントならそう名乗るだろう。

駅中のショッピングモールに向かい、トイレに駆け込んだ。鏡に映る自分の顔は真っ青だった。

普段は感情を顔に出さないよう気をつけているため、不測の事態が起きてもあまり表情は変わらない。だが本当の冴月は小心者で、心の中はいつも騒がしい。

——ううう……足の震えが止まらない。気を抜いたら泣けてきそう。

でも泣かない。泣いたら化粧が崩れてしまうし、状況は一切変わらないから。

感情の昂《たかぶ》りが涙腺《るいせん》を刺激するが、冴月はお腹の奥に力を込めた。公共の場で取り乱すのは大人の振る舞いではない。落ち着いて無事に帰宅する方法を考えるべきだ。

——そう、落ち着かないと。私が勝手に自意識過剰になっているだけかもしれない。

けれど本当に?

見ず知らずの男に名前を呼ばれることはよくある出来事なのだろうか。

身に覚えのない何らかの事件に巻き込まれているような不安はどうやったら解消できるのか。こんなことを警察に相談しても気にしすぎだと言われそう。

――気持ち悪いって思うのは私の考えすぎなの？

言葉にできない気持ち悪さを感じながら、バッグにしまっていたマスクを取り出した。インフルエンザが流行る時期だから、電車が混みあう時間帯はマスクをしている。

――簡単に私だとわからなければいいんだわ。しばらく顔を隠しておこう。

自意識過剰でも構わない。トラブル回避のための自衛は大事だ。

深呼吸を繰り返し、そっとトイレから出る。冴月の様子を窺うような不審者はいないようだ。

周囲を警戒しつつ電車に乗った。ほぼ無意識に乗った路線は自宅方面に行くものだと後から気づいたが、結局自宅の最寄り駅で降りてしまった。

「帰宅するつもりはなかったんだけど……」

この際郵便受けを確認しておこう。あとなにか必要なものがあるかもしれない。

自宅に帰宅したのだから今夜はここで寝てもいいのに、煌哉のもとへ帰ることを考えている。そんな自分に気づいて苦笑した。

たった数日一緒にいただけなのに、彼と眠ることが日常になっているようだ。ぐっすり寝られる安心感はよほど魅力らしい。

――睡眠の魔力には抗えないんだわ……ほんと、一体獅堂さんからどんなフェロモンが出ているのやら。

付き合ってもいない異性と同じベッドに寝てリラックスできるなんてどうかしている。本能が働いているなら警戒心で寝られなくなりそうなのに。

マンションまであと少しのところで、聞き覚えのある声が耳に届いた。

「あれ、織宮さん？」

「え、マスター？　こんばんは」

近所でワインバーを経営している店主と鉢合わせた。冴月のマンションのすぐ近くにあり、こぢんまりとした隠れ家風の店にはよく世話になっている。

「お買い物ですか？　この時間に？」

彼はスーパーの買い物袋を持っていた。開店時間中に珍しい。

「水曜日は定休日だから新メニューの開発とかしてるんだけど、ちょっと具材が足りなくなっちゃって。急いで買ってきたんだ」

「あ、そっか。今日は水曜日でしたね」

仕事終わりの平日にふらっと飲みに行ける近所の店は冴月のお気に入りの場所だ。週に一回までと決めているが、マスターが作る魚介類のパスタや前菜は絶品でいつでも食べたくなる。

「そうだ。この後予定ないならちょっとうちに寄ってかない？　新メニューの試食とワインを一杯ごちそうするよ」

「いいんですか？」

「もちろん」

こんな機会は今まで一度もなかった。たまたま冴月を見かけて、親切心から声をかけてくれたのだろう。

――どうしようかな。でも一杯だけならそんなに時間もかからないだろうし、二、三十分くらいかな？

なにか気分転換が必要だ。先ほど感じた気持ち悪さを払拭してくれるような、ちょっといいことがほしい。

それに聞き上手なマスターだから相談ができるかもしれない。煌哉に話したら余計な心配をかけてしまいそうだが、顔見知りのマスターなら程よい距離感で気兼ねなく相談ができる。

「じゃあ少しだけお邪魔しようかな」

そう告げて、厚意に甘えることにした。

イタリアの田舎町をイメージした店内は木の温もりが感じられ、ガラスのペンダントライトがオレンジ色に光り、落ち着いた雰囲気を出している。

いつも通りカウンター席に座る。店の看板は「CLOSED」になったまま。

——なんかソワソワするかも。そういえばふたりきりってなかったような……？ちょっと落ち着かない。

いつも店内は常連客で賑わっている。顔見知り程度に知っている人たちがいないだけで少々緊張する。

BGMの音楽を聴きながらスマホを取り出す。

試食が終わったらすぐに帰ろう。いつもより帰宅が遅くなることを煌哉に連絡した。

◆　◆　◆

十八時半を過ぎて、煌哉のスマホにメッセージが届いた。普段は滅多に使わないプライベート用のスマホが通知を報せる瞬間が、ここ最近の楽しみになっている。

「煌哉様、顔。にやけてますよ」

「あ？　なんだ、羨ましいか」

「なにが羨ましいと言うんです。個室だからいいものの、他の社員の目がある場所ではちゃんと顔を作っておいてくださいね」

顔を作るという表現をするのは狛居くらいのものだろう。

なにせ煌哉は円滑なコミュニケーションのために、社内では温厚な人格者として通っている。

人当たりのいい営業スマイルを貼り付けることには慣れたが、そのせいで女性社員からアプローチを受けるのが面倒だった。秘書課には男性社員しかいないのもトラブル防止のためだ。

「ハラスメントにならないように、コンプラに引っかからないようにっていうのはわかるが。人畜無害な口調も態度も肩が凝る。ずっと微笑んでる男なんて気持ち悪くないか？」

「あなたの素の性格だと威圧感があるので怖がられますよ。怯えられるより好かれるほうがいいでしょう」

別に社員に好かれるために仕事をしているわけではない。

人間関係が円滑になり、余計な波風を立てずに仕事をこなしてくれれば文句はない。

狛居の小言を適当に聞き流し、スマホのロックを解除する。

冴月から届いたメッセージは、今夜は少し遅れるというものだった。

「……近所の店で新メニューの試食を頼まれた。終わってから帰る」

「なんの話です？　織宮さんのことですか？」

「ああ、帰宅が遅れると。どうやら自宅のほうにいるらしい」

何故急に自宅のマンションへ戻ったのだろう。昨日も一昨日も煌哉のもとへまっすぐ帰宅していたのに。

――なんだかザワつくな。

「狛居、冴月の報告書はどうなってる？」

「まだ連絡待ちですね。もうすぐ届くと思いますが」

煌哉が冴月にお試しの同居を持ちかけてからすぐ、狛居には冴月の身辺調査を依頼した。道端で出会っただけの女性をここまで気にかけるのはどうかしているが、仕方ない。彼女はとてもいい匂いがする特別な人なのだから。

――何度考えてもあのときの男が引っかかる。ナンパの裏になにかあるんじゃないか。

「そうか。すぐに中間報告を出せとせっついてくれ。どうも気になる」

「せっかちですねぇと言いたいところですが。あなたの直感はいつもバカにできないですからね。なにか気になるなら急がせます」

「頼んだ」

パソコンの電源を落とし、コートを着込む。

「え、煌哉様。もうお帰りになりますか」

「冴月を迎えに行って来る」

「今日はもう海外との会議もありませんし、急ぎの仕事も終わっているのでいいでしょう」

仕事のパフォーマンスが上がったのは冴月だけではない。煌哉も良質な睡眠を得られたおかげでいつも以上に集中して効率よく働けている。

「織宮さんの寝顔を一時間以上も眺めてから寝るのが日課になっているなんて、本人には知られないほうがいいですね」

「うるさいぞ、狛居」

「おや、図星ですね」

「……」

なんでバレてるのだ。長年煌哉の傍にいるだけある。

ムスッとしつつも扉は静かに閉めるのだから、煌哉は横暴で傲慢に見えても育ちがいい。

「さて、私もさっさと仕事を片付けますか」

狛居は急ぎ冴月についての中間報告書を調査会社に依頼した。

◆　◆　◆

隠れ家風の店内には香ばしい匂いが充満していた。

「うちの特製のラグーソースをラザニアにしてみたんだ。スライスしたポテトも入れて」

マスターがオーブンからラザニアを取り出した。買い物前に焼き上げていたらしい。

「そうたくさんは作れないから数量が限定になっちゃうと思うんだけど、味見してもらえる？」

「いい匂いがすると思ったらそれだったんですね」

ひとり分に切り分けたラザニアを少し温め直し、お皿の上に追いチーズをかける。チーズをバナーで炙《あぶ》り、熱々の状態で提供された。

「ソースはどうだろう。薄くないかな？　ちょっとピリ辛にしたほうがおいしい？」

率直な意見が聞きたいと言われる。

――おいしい。

赤ワインと一緒に食べるラザニアは絶品だった。ラグーソースも濃厚でちょうどいい。

「とてもおいしいです。薄切りのポテトの食感もいいですし、このままでも十分だと思いますよ」

「そう？　あとは上にパセリをかけたら色味が綺麗かな」

「そうですね。乾燥パセリでも十分かと。あとはお好みでペッパーソースとか辛味のあるオリーブオイルをかけてもらえればいいんじゃないでしょうか」

焦げたチーズも香ばしい。赤ワインがよく合うが白ワインでもよさそうだ。

――変に緊張してたけど、考え過ぎだったかな。マスターとふたりきりになるなんて今までなかったから。

彼はただ味見をしてもらいたかっただけに過ぎないのだろう。

それに店の近くで声をかけたのは単なる偶然だ。

「あとこの量もちょうどいいと思います。ラザニアはカロリーが高そうって気にされるお客さんもいると思いますが、このくらいなら罪悪感なく食べられますし。他の料理も注文できますしね」

四角く切ったラザニアはちょうどよく小腹を満たすサイズだ。これひとつでは足りないが、大きすぎると少々重い。

マスターは冴月の感想をメモにしている。特に大したことは言っていないのだが。

「ありがとう、参考になったよ」

「よかったです。では私はこれで……」

トートバッグを手に取るが、椅子から降りる前に空になったグラスに赤ワインを注がれた。

——え？

「織宮さん、この間ご友人の結婚式だったんでしょう。どうだった？」

一杯だけのはずが、お代わりを貰うのは想定外だ。

なんとなく空気が変わった気がするのは気のせいではないかもしれない。

「あの、私一杯だけで十分ですよ？」

「もう少しいいじゃない。もちろんお代はいらないよ。それで、どんな結婚式だったの？」

まるで冴月を引き留めているようだ。

——そういえば、マスターって独身なんだっけ。

彼が既婚者かどうかなど考えたこともなかった。

年齢が四十前後というのは覚えているが、家族構成などは把握していない。今恋人がいるのかもわからず、居心地の悪さを覚える。

接客業のプロだから、常連客の近況も覚えていて不思議はない。世間話として結婚式の話題を振られただけに過ぎないと思いたいのに、なにか裏があるような気がしてならない。

「どんなと言われても、多分一般的な式かと……とても素敵でしたよ。感動しました」

そう無難に返答し、トートバッグのハンドルをギュッと握る。

カウンター席のスツールに座りながら足首を軽く回した。先日の腫れはひいており、痛みも感じない。いざというときも走れそう。

「そう、それはよかったね。じゃあさ、そんな感動を他の人に与えてみるってどう？」

「は？」

目の前に一枚の紙が置かれた。

一度も実物を目にしたことがないそれは、婚姻届だった。

「僕のお嫁さんになって素敵な結婚式を挙げてみようよ」

「……っ！」

眼鏡の奥から覗く目がどろりと濁っているように見えた。欲望を隠しもしない人間の目だと本能的に気づく。

――むむむ無理！　え、急になに？　気持ち悪い……！

冷や汗が噴き出した。表情も身体も硬直する。

いつもニコニコした笑顔に癒やされていたのに、一瞬で嫌悪に変わった。

身体に寒気が走る。距離の詰め方がいきなりすぎてゾッとする。

今まで店主からは好意のようなものを感じたことなどなかったのに。この数日見知らぬ男たちに声をかけられ続けて神経が過敏になっているのだろうか。

――獅堂さんは怖くないのに。

煌哉以外に冴月に声をかけてきた男たちからは得体の知れない下心を感じた。ただただ気味が悪くて恐ろしい。

「ま、またまた～ご冗談を！」

普段と同じようにへらりと笑う。こんなときでも本心を隠して笑って流そうとする自分が虚しい。

――顔に出さないだけで引いてるけど、変に騒いだら怖いもの！

ただここで下手に神経を逆なでしたくない。常軌を逸した人間というのはどんな行動に出るかわからないから。

　表面上は笑顔を浮かべつつも、頭がぐるぐると悪い可能性を考えだす。

　先ほどのワインや食事になにか薬でも盛られていたらどうしよう。自分を引き留めたのは薬の効果が出るのを待っているからではないか。

　こんなことを考えだしたら迂闊に外で食事などできなくなる。だけど一度抱いた恐怖感は簡単には消えてくれない。

「冗談じゃないって言ったら？」

　――だから怖いってば！

　言いようのない嫌悪感でいっぱいだ。今すぐにでもこの場から逃げ出したい。

　身体が震えそうになったとき、入口のドアが開かれた。チリンチリンと来店を告げるベルが鳴る。

「すみません、今日はお休みなんですが」

　マスターの口から小さく舌打ちが聞こえた。そんな態度は今まで見たことがない。

「彼女を迎えに来ただけなのですぐに帰ります」

「っ！」

　振り返った先には煌哉がいた。一瞬で身体の強張《こわば》りが溶けていく。

「冴月、おいで。帰るぞ」

「……っ！　はい。マスター、ごちそうさまでした」

バッグを持って一目散に煌哉のもとへ行く。

自分に差し出された温もりに縋りつくように、その手をギュッと握りしめた。

第四章

煌哉は冴月と手を繋いだままタクシーに乗り込んだ。

正直、自分が差し出した手に飛びついてもらえるとは思わなかった。彼女の手は微かに震え、冷え切っていた。

——やはりなにかに巻き込まれているな。

温もりを与えるようにギュッと冴月の華奢な手を握る。わずかに握り返してくれる動作だけで胸にこみ上げてくるものがあった。

——クソ、どうかしている。手を振りほどかれないだけでうれしいと思うなんて。

社会人になって数年が経った頃から、煌哉は女を寄せ付けなくなった。二十代も半ばになれば付き合う女性は必ずと言っていいほど結婚を仄めかしてくる。

付き合うだけならいいが結婚は別だ。

生涯の伴侶として傍にいてほしい女性とは巡り合えなくて、次第に恋愛が面倒になった。

三十代に入ると親戚中から結婚を急かされるようになったが、結婚したい女性と出会わないのだから仕方ない。

女性との交際を止めてから八年ほど仕事に没頭してきたため、正直冴月との距離感を測りかねている。恋愛の仕方がさっぱり思い出せない。

嫌がられていないならもう少し距離を詰めてもいいのではないか。

いや、グイグイ押したら逃げるかもしれない。

彼女は人当たりがよさそうに見えるが人との壁を明確に作る人間だ。その壁を取っ払うのが先だろう。

車内で会話もなく悶々とした気持ちを抱えたまま、煌哉のマンションに着いた。

互いに手を離すタイミングを逃している。華奢で小さくて柔らかな手は少し力を込めただけで折れてしまいそうだ。その温もりに触れているだけで煌哉の劣情が刺激される。

——ああ、クッソうまそう。

この手を舐《な》めて齧《かじ》って堪能して。自分の匂いを思いっきりつけてマーキングしたい。それなら彼女の指に指輪を嵌めてしまうのが一番だが、そんなわかりやすい独占欲は拒絶されそうだ。

甘噛みにすると約束するから、歯型をつけてはダメだろうか。

——ダメに決まってんだろうが。

彼女の滑らかな肌に自分の存在を刻みたい衝動をなんとか理性で抑える。細い首が見えるだけで喉の渇きを覚えるなど、己の獣性が日々増しているようだ。

冴月の匂いを嗅いでいるだけで体温が上がるのだからどうしようもない。煌哉は心を無にすべく頭の中で素数を数えだす。

八十九まで数えた頃、冴月が口を開いた。

「……あの、獅堂さん。迎えに来てくれてありがとうございました」

なにかを思いつめている状況が痛ましい。

玄関に入り扉を閉める。そっと冴月の頬に触れると、手以上に冷たかった。

「なにがあったか聞く前に、今夜の分だ」

「え？」

きょとんと上目遣いで見つめてくる仕草が可愛くてたまらない。無自覚で無防備でいい匂いがする。

冴月の瞳に映るだけで煌哉の飢餓感は多少満たされそうだ。

身の内に潜む獣が暴れだしそうなのを抑えながら、煌哉は冴月を抱きしめる。

「おかえりのハグですか」

「同時に帰宅した場合は考えてなかったな」

コートを着込んだままのハグは少々不満だ。冴月の柔らかな肉体を感じにくい。

――やはり薄着が一番……違う。むしろ服が邪魔だ。

そんな不埒なことを考えつつ、抱きしめたまま冴月に状況を尋ねた。先ほど店内でなにがあったのかと、尋問にならないように問いかける。

「……私も混乱しているんですけど」

「ああ」

「婚姻届を見せられて結婚しないかって」

「……はあ？」

自分でも驚くほど低い声が出た。

冴月に苛立ちが伝わったかと思い、宥《なだ》めるように彼女の背中をさする。

「あの店の男とはどんな関係だったんだ？」

「ただの客です。近所なのでよく通ってましたけど、世間話をするくらいの関係です。それに今日、仕事を終えて駅に向かう途中で知らない男性に道を尋ねられて、前みたいに何故か私の名前を知ってて……なにもされてないけど、すごく気持ち悪いです」

本人は考えすぎだと思っているのかもしれない。だがなにかが起きてから後悔するのは遅いのだ。

人の直感は馬鹿にならない。不自然で気味が悪いと感じたことは無視するべきではない。

「君はなにも悪くないし、君がなにかをしたわけではない」

——気にするななんて言っても、慰めにはならねえな。

震える彼女の憂いを拭いたい。

自分よりも先に彼女に結婚を求めた男を血祭りにしてやりたい。

腹の底で沸々と湧きあがる感情を持て余す。冴月の不安を払拭できない己の未熟さと、彼女をつけ狙う男たちへの怒りで血が煮えたぎりそうだ。

「腹が減ってないなら風呂に入ってきたらどうだ。なにか食べられそうなら出前でも頼んでおこう」

「……ありがとうございます。お腹は減ってないので大丈夫です。お風呂先にいただきますね」

「ああ、ゆっくり温まっておいで。身体が冷えている」

ふたたび冴月の頬に触れる。輪郭を確かめるようにそっと撫《な》でると、冴月の血色がよくなってきた。

「……あの、そろそろ放してもらっても？」

頬に触れられて照れるなんて、もう両想いでは？

今まで誰かを慈しむような感情を抱いたことがないから新鮮だ。腕の中に閉じ込めておきたい衝動を抱えながら、煌哉はなんとか冴月を解放した。

――クソ、ほんとどうかしている。

自分の感情を持て余している。彼女の温もりも香りも消えてしまうと、抑えていた飢餓感がふたたび蘇ってきそうだ。

無意識に冴月の姿を目で追っている。彼女の存在を感じられるものがほしい。

――なんでこんなに……本能的にほしいと思うんだ。これが血の宿命ってやつか。

それは煌哉の家系に関わることだ。

獅堂の血が濃ければ濃いほど、たったひとりの伴侶と巡り合ったとき相手を強く求めるそうだ。理性など紙切れ同然になり、相手の傍にいたくて関心を惹きたくて愛を乞いたくてたまらなくなるという。

跪《ひざまず》いて縋りたいほどの衝動など、そんなことあり得ないと思っていたが、体験してみたら納得した。

「眉唾だと思ってたんだがな」

そんな、魂の番《つがい》とも呼べる相手と出会うなんて。

だがあの日、冴月が強引なナンパに絡まれたとき。狛居が運転する車の窓から冴月の姿を見かけて心臓が跳ねた。

彼女の横を通り過ぎると心臓のざわつきが大きくなった。今を逃せば一生後悔するという強迫観念がこみ上げたのだ。

『狛居、止めろ。女性が絡まれてる』

『え？　いや、あなたそんな紳士じゃないでしょう。……って、煌哉様!?』

車を停めさせて、狛居だけ帰らせた。煌哉はたまたま通りかかった通行人のふりをして冴月に接触した。

彼女と視線が合った瞬間、煌哉の心臓がふたたび跳ねた。甘露《かんろ》を舐めたような心地が胸の奥に広がり、腹の奥で飼っている飢餓感が満たされたのを感じた。

逃してはいけない。ここで彼女との接点が消えたら廃人になる。

言いようのない焦燥感を抑えて、強引に冴月と知り合いになった。彼女が発する甘い香りが理性を溶かし、たまらない気持ちになった。

焼肉の香りにも負けない匂いなんてどういうことなのか。本能的に感じるものが大きすぎるのかもしれない。

そして自分のテリトリーに招いてから、煌哉の欲望は毎日のように大きくなっていった。ハグをしたらキスがしたい。腰を抜かすほど甘くとろとろなキスで冴月の理性を奪いたい。

その次は素肌に所有印を刻んで、身体を暴いてマーキングをして、宝物を隠すように部屋に閉じ込めて……。

一体いつまで冴月の前で冷静を装えるのか。嫌になるほど貪欲な欲求には際限がないようだ。

視線が自然と浴室へ吸い寄せられる。冴月が出てくるまで浴室前の廊下で待機していたいところだが、そんなところで待っていたら彼女に気持ち悪いと思われるだろうか。

——ったく、どんな忠犬だ。

シャワーの音を聞いていたら彼女を食らいたくなる。

吐息に熱が籠もるのを自覚しながら書斎に向かい、スマホを取り出した。ちょうどタイミングよく狛居から電話がかかってきた。

「どうした」

『煌哉様、今ご在宅ですか？　近くに織宮さんは？』

「さっき帰宅した。冴月は風呂に入ってる」

『そうですか。まさか覗いてはいませんよね？』

「お前は俺をなんだと思ってるんだ」

『お預けを食らい続けている犬ですかね』

言い方が酷い。が、あながち間違ってはいない。

だが覗きという卑劣な行為をするはずがない。そんなことをするくらいなら一日も早く正々堂々と一緒に入れる機会を作る。

『まあそんな冗談はさておき。ちょっと急ぎで見ていただきたいものがあるんですよ。スクショ送りますね』

——スクショ？

煌哉のメールアドレスに画像ファイルが届いた。

数枚の画像をクリックする。

そこには冴月の名前と経歴に加えて、なんらかの報酬金額が書き込まれていた。

「おい、なんだこれは。まさか闇サイトか？」

『ええ、そのまさかのようですね。先ほど調査会社からリンクを踏まないようにとスクショで届いたので転送しました。うっかり闇サイトを開けたらどんなウイルスが仕込まれているかわかりませんし、個人情報を抜かれる可能性があるので。好奇心で入らないようにお気をつけください』

すべての画像を確認する。

今よりも若く、学生時代に撮られたと思しき冴月の写真も載っている。

幼さが残る顔立ちが愛らしく、彼女の昔の写真を全部言い値で買いたくなるが、今はそんな場合ではない。

写真の下に記載されている紹介文に胸糞が悪くなった。

「冴月と結婚し息子を生ませたら五千万だと？　一体誰がこんなふざけたことを！」

『落ち着いてください。これ、どうやら先月末に投稿されているようなのですよ。今から二週間前くらいですかね。織宮さんの身辺がきな臭い理由は十中八九このことが原因かと』

「冴月がさっき、行きつけの店の店主に求婚されたらしい。そいつもこれを見ていたってことか」

『なんと……煌哉様、先を越されましたね～不憫な』

「茶化すな。殺すぞ」

『おお、怖い怖い』

まったく怖がっていない声である。付き合いも長いので慣れたものだが、たまに本気でイラッとする。

『私も調査を続けますが、織宮さんにこの件を報せるかどうかは煌哉様にお任せします。でもきっと彼女は自分がなにに巻き込まれているのかを知りたいと思いますよ』

未成年の子供ではないのだから、当事者には知る権利がある。

狛居との通話を切り、煌哉は長く息を吐いた。

――報せたほうが本人も危機感を持ちやすい。

それにこんなことになっている原因に心当たりがあるかもしれない。

情報を隠されたほうがショックを受けるだろう。彼女はただ守られるだけの子供ではないのだから。

だが本音を言えば、彼女が傷つく姿を見たくなかった。

◆◆◆

「……報奨金が五千万。私、誰かに五千万で売られているんですか」

「残念ながらそういうことになる」

煌哉に話があると言われてソファに座ると、タブレットを渡された。とある闇サイトに自分の個人情報が記載されているという。

——なにこれ。現実味がなさすぎて理解が追い付かない。

何度読み返しても、そこには冴月の写真が映っている。明らかに隠し撮りと思われる写真だ。

気持ちを落ち着かせたくて、煌哉が淹れてくれたルイボスティーのカップをそっと手で持ち上げた。一口飲んでほっと息を吐く。

「教えてくださってありがとうございます。隠すことだってできたのに、私のことを考えてくれたんですよね」

煌哉の眉が顰められた。きっと彼も葛藤したに違いない。

——優しい人だな……でもだからこそ、私の事情に巻き込んじゃダメだわ。

彼は正義感の強い人だ。きっと冴月じゃなくても困った人を見捨てられないだろう。

実際に助ける力があり、財力もあり、手足となる人もいる。狛居なら遠慮なく煌哉を利用すればいいと言うだろうが、これ以上甘えるのは良心が痛む。

だって冴月はなにも返せない。自分が持っているものはとてもささやかなものだけだ。

「一応確認するが、こんなことをする人物に心当たりはあるか？」

もしかしたら……と思う人はいる。

だが確証もないことだ。それにこれ以上煌哉を巻き込みたくはない。

「わかりません」

温かいルイボスティーは安らぎの味がした。

半分ほど飲み干し、ローテーブルにカップを置いた。

「獅堂さん。約束の期限より少し早いですが家に帰ります」

「……は？」

きょとんとした表情は珍しい。

切れ長の目を丸くさせていると数歳若く見えた。

「食費や生活費でいただいた七万円も手をつけていないので、そのままお返ししますね。あと金銭感覚がちょっとズレているのは仕方ないかもしれませんが、女性に騙されないように気をつけてください。あ、狛居さんにもですが」

ちょいちょいがめつい狛居にも困ったものだ。彼は天然ではなく、わかっていて言っている。

「待て、家に帰るだと？　さっきの店主をもう忘れたのか。あの男は君のマンションも知っているんだろう」

「それは近所なので……でも部屋番号は知られていませんから」

「オートロックなんてあってないようなものだぞ。管理人もコンシェルジュもいないマンションなら誰かと一緒に入ってくるなんて簡単だ。部屋番号がわからないから安心？　相手が全部屋のインターホンを押して回ったらどうなる？　玄関前で大声で暴れだして、近所迷惑だからとつい部屋に招いてしまうことだってあり得るだろう」

「そんなことは……！」

ないとは言い切れない。

マンションの住民に迷惑をかけられたら、冴月はすぐに引っ越しを検討するだろう。近くで店を経営する男を知る住民も多いから下手なことはしないと思うが、常識が通用する相手かどうかはわからない。

――でも、そもそも常識的な人は闇サイトなんて覗かないわね。

真っ当に生きていたら関わらないことに片足を突っ込む時点で、あの店主はまともとは言いがたい。

「でもこのままいたら獅堂さんのご迷惑になりますから」

「迷惑？」

隣に座る煌哉が冴月の手首を握った。声のトーンが下がったのは気のせいではないだろう。

気づけば冴月は煌哉の膝にのせられていた。鮮やかに身体を持ち上げられて、抵抗する間もなかった。

「え？　あの、ちょっと放し……ンゥッ！」

欠点など見当たらない顔が迫ったと思いきや、唇に嚙みつかれた。

すぐに煌哉の舌が冴月の唇を舐める。

──き、キス!?　獅堂さんと！

抱きしめられて触れあうような甘いキスではない。荒々しく苛立ちをぶつけるようなキスは背筋に震えが走るほどぞくりとする。

──なんで急に！

背中に回った煌哉の腕が冴月の抵抗を封じる。もがこうとすればするほどキスの繋がりが深まり、口内に煌哉の舌が侵入した。

「んん……っ！」

こんなキスは知らない。されたことがない。

身体の奥に縮こまっていたなにかが呼び起こされる。身体の熱が強制的に高まり、お腹の奥が疼きだした。

ギュッと抱きしめられたまま身体が持ち上げられる。

突然の浮遊感に驚く間もなく、煌哉は冴月を寝室に運んだ。

「ちょ、待って！　なにするんですかっ!?　放してください」

「放してほしいなら俺から逃げるな」

「逃げるなって、なに言って……そもそも私の事情に獅堂さんは関係ないじゃないですかっ」

ベッドの中央に落とされた。

痛みはないが、そのまま煌哉に押し倒される。

「関係ないだと？　ならば無理やりにでも関係を作るか」

──ひぃ……っ！　怒ってる？　なんで!?

どう考えても普通はこんな面倒な女には関わりたくないだろう。これ以上迷惑をかけるべきではないと思うのは当然ではないか。

──私と関わっていたいってこと？

薄雲から月が覗いた。

カーテンが開けっ放しの窓から月明かりが入り込む。

今宵は満月だ。電気をつけなくても互いの顔がわかる程度には明るい。

煌哉の苛立ちを肌で感じた直後、彼の異変に気づいた。色素の薄い目が金色に変化している。

――え？

瞬きを数回繰り返す間に煌哉の頭には獣の耳が生え、薄く開いた口からは鋭い犬歯が覗いていた。

「……っ！」

押し倒されている状況だというのに、冴月はつい見入ってしまった。一体いつの間にそんなものを装着したのだ。いや、装着するような時間はなかった。

――耳……犬のような耳が……！

煌哉の人間離れしたルックスの良さにモフモフとした耳がうまくマッチしている。月の色を宿した目も、突然生えてきた獣の耳も現実離れしているのに、到底手品には見えなくて。抵抗することも止めて、じっと煌哉の頭を見つめていた。

「本物のモフモフ？　あ、柔らかい」

ぴょこぴょこ動く耳はふわふわで気持ちがいい。

幻覚や作り物ではない。付け根に触れると、煌哉がくすぐったそうに身をよじった。人間の耳も消えている。

――これは夢……じゃないわよね。現実よね？

冴月は赤ワインを一杯飲んだだけでは酔わない。自分が酔っ払っているわけではないはずだ。多分。

「……逃げないのか」

逃がす気なんてないのに意地悪な質問だ。冴月を押し倒したまま煌哉は動かない。

それでもシーツに押し付けられた手首は痛みを感じない程度の強さだ。彼なりに手加減しているようだ。

――私はどうしたいんだろう。

自分がなにに巻き込まれているのかわからなくて気持ち悪い。どこか遠くに行ってしまいたい。でも煌哉から逃げたいわけではない。

考えなくてはいけないことが山積みなのに、余計なことは後回しにしたい。今一番気になるのは目の前の人物だ。

煌哉の目は普段から色素が薄いと思っていたけれど、今は金色に変化している。理屈はわからないが、怪しい色香が増しているようで、彼と目を合わせているだけでくらりとする。フェロモンの濃さにむせそうだ。

酩酊感に似た感覚をなんとか我慢しながら、冴月は煌哉に問いかける。

「……わ、私をどうしたいのですか」

きっと嫌われてはいない。嫌なら傍に置かないはずだから。

「冴月の心も身体も俺のものにしたい」

「……全部ってこと？」

「欲張ってなにが悪い。本気でほしいものは遠慮しない。本音を言えば俺のテリトリーに囲って、昼も夜も関係なく冴月の存在を肌で感じたい」

「……っ!」

そんな直球な返事がくるとは思わなかった。思わず息を呑む。

——な、なんかとってもエッチなことを言われた気分……!

囲いたいというのはいささか行き過ぎな気がするが、困ったことに嫌ではない。戸惑いはあるが、ほのかな喜びを感じてしまった。

——だって、今まで誰にも頼れなかったから。

本当は寂しがり屋で誰かに甘えたいのに、自立した大人の仮面をかぶって平静を装ってきたのは、人と深く関わるのが怖かったから。

淡白な人付き合いを好んでいたのは失う恐怖を知っているからだ。

大切な人はある日突然消えてしまうかもしれない。味方だと思っていた人物が敵に回るかもしれない。そんな喪失感をふたたび味わうくらいなら、はじめから誰とも深く関わらなければいい。

恋人を作る機会はあったのに、拒んできたのは冴月だ。ひとりでなんでもできると装って、臆病で小心者な自分を隠している。

――私のことが好きなのですか？

その答えを聞いたら後戻りができないだろう。求められていることをうれしいと感じられただけで、今は十分かもしれない。

まっすぐ見つめてくれる眼差しには嘘がない。彼の瞳には自分だけが映っているのがたまらない気持ちになる。

獣の耳の理由も気になるが、正直煌哉が何者でも気にならない。

――私もこの人をもっと知りたいって思ってる。

自然と潤《うる》みそうになる目でじっと見つめていると、煌哉の眦《まなじり》がわずかに赤くなった。

「はぁ……クソ可愛い。本気で嫌なら俺を殺す気で抵抗しろ」

そんな物騒なことを言いながら荒々しく服を脱ぎだした。

ジャケットを落とし、中のベストを床に放り投げる。なにか重そうな音がしたが大丈夫だろうか。

片手でネクタイを引き抜く姿がセクシーすぎて、冴月の視線が釘付けになる。

上半身が露わになった。陰影が浮かんだ肉体は鍛えられているのだろう。男性の筋肉が特別好きなわけではないのに、芸術品のように美しすぎて目が逸らせない。

――どうしよう、ドキドキがすごい……この美しい人に触れたいと思う時点で答えなんて決まってるんじゃ……。

きっとこの家に住むことを了承した時点で、とっくに彼に惹かれているのだ。そうじゃなければいくら睡眠のためでも一緒のベッドでは眠らないはずだ。

口内に溜まった唾液を飲み込んだ。

「……触れられても嫌じゃないって言ったら？」

彼は一体どんな世界へ連れて行ってくれるのだろう。

煌哉の妖艶な微笑が冴月の心臓を撃ち抜いてくる。

「それなら俺たちは両想いだな。ドロドロになるまで愛してやる。余計なことはなにも考えられなくなるほど」

両想いと言われたのが甘酸っぱくってくすぐったい。

自分たちの曖昧な関係に名前がついた。心臓がうるさいくらい音を立てている。

この感情が恋なのかはわからないけれど、まだそれでいい。今はただ彼に与えられる熱に身をゆだねたい。

「獅堂さん」

「煌哉だ。いい加減名前で呼んでくれ」

「煌哉さん？」

「さんはいらない。煌哉でいい」

部屋着代わりのワンピースの裾をまくり上げられ、太ももを撫でられた。煌哉の手が肌を滑るように触れたと思った直後、頭からワンピースを抜き取られる。

「んっ」

長袖の下着も裾から手を入れられて、冴月の腹部をそっと撫でられた。

――なんだか、肌に触れられるだけでぞわぞわする……それに身体が熱いような……。

こんな風に身体をゆだねたいと思ったことはない。出会って間もない男と肌を重ねるなどどうかしている。

言葉にはできない本能的ななにかに支配されているようだ。彼から放たれるフェロモンが濃厚で、思考を溶かしているのかもしれない。

――頭がうまく働かない……肌を撫でられるのが気持ちいい。

容赦なく衣服が脱がされていく。残っているのは上下の下着と、もこもこしたルームソックスだけ。

男性に肌を晒した経験がなくてどうしていいかわからないのに、逃げ出したいとは思わない。いや、逃げてもムダだと思っているのかもしれない。

「ああ……匂いが濃くなった」

煌哉の吐き出す息が熱っぽい。目も、獲物を狙うように爛々《らんらん》と光っている。

「私、臭い？」

髪の毛を手に取りスンッと嗅ぐが、煌哉が用意したアメニティのシャンプーの匂いがするだけだ。ジャスミンの香りが気に入っている。

「それは計算じゃないんだろうな。可愛すぎて貪りたい」

余裕のない発言を聞いた直後、煌哉が覆いかぶさった。

冴月の髪をどかし、首筋に顔を埋める。

「ひゃあ……くすぐった」

「ああ、たまんねえな……」

そんな場所で深呼吸をするなんてどうかしている。

抗議の声を上げるよりも早く、煌哉が冴月の首筋を噛んだ。

「いぁ……っ」

歯を立てられただけの甘噛みだが、犬歯がグッと冴月の薄い皮膚に食い込んだ。一瞬で、
自分が被食者になった心地になり、大きく息を呑んだ。

「はぁ……んっ」

チリッとした痛みが続く。煌哉の舌が冴月の首をざらりと舐めてきつく吸い付いた。

「し、どうさ……」

「煌哉だ、冴月。口を開け」

頤《おとがい》に指がかかる。

口を開かされれば当然彼の名を呼ぶことなどできなくて、言われるがまま舌を出す。

「んん――ッ」

舌先を擦り合わせられたかと思えば、すぐに彼のものに絡めとられた。

上顎も下顎も舐められ舌を吸われ、唾液をたっぷり流し込まれれば自然と冴月は酸欠状態に陥った。

――苦しい……。

荒波に翻弄されるとはこのことか。いや、波というより嵐かもしれない。

キスというには荒々しくて、貪られているという表現が正しい。触れあうだけのロマンティックな口づけとは到底呼べない。

「あっ……」

身体の熱が否応なく高められていく。

冴月の背中に回った手がブラジャーのホックをプチンと外した。身に着けているものがショーツとルームソックスのみになった。

「あの、恥ずかしいので見ないで」

「無理だ」

腕で隠そうとするもすぐに遮られた。

冴月の手首がふたたびシーツに押し付けられた。無防備な身体が煌哉の目の前に晒されていると思うだけで、顔に熱が上りそう。

「っ、見ないでください」

「嫌だ、見たい」

見下ろされているだけなのに、目力が強すぎて居たたまれないのだ。

瞬きを忘れているんじゃないかと思うほど、煌哉がじっくりと冴月の身体を見つめている。

──恥ずかしい……デスクワークばかりのくせにヨガとかジムにも通っていないし、お菓子も結構食べてるし！

しっかり鍛えられた彼の身体と比べればなんともだらしないと思われそうだ。そういえば三十路近くになってきて、昔とは胸の感触も変わってきた気がする。

手首を頭上でひとまとめにされた。

煌哉は自由な手で冴月の胸を揉《も》みしだく。

「ずっと触れたいと思っていた。想像よりも綺麗だな」

「そんなことは……」

──待って、想像してたの？　いつ？

抱きしめられながら寝ていたときに彼の腕に当たっていたのだろうか。

「ああ、冴月を前にすると馬鹿になりそうだ」

ピクピクと煌哉の耳が反応している。

彼の頭が胸に埋まり、豊かな膨《ふく》らみの突起をざらりと舐められた。

「あぁ……っ」

二度、三度と頂を舐められるだけで硬度が増していく。

次第に硬く芯を持ち、赤い果実が唾液に塗《まみ》れて雄を誘う。

乳房に指を沈められながらチュパッと吸われる。舌先で転がされ甘嚙みされれば、冴月の下腹が強く収縮した。

「ンゥ……ッ」

じゅわりとした蜜が零れていく。ショーツが濡れて気持ち悪い。

下着を濡らしたなど煌哉に知られたくない。

だが鼻のいい彼が気づかないわけがなかった。

「……誘惑が多い。俺をとことん惑わせたいらしい」

蜜を含んだショーツが脱がされる。明らかに煌哉の息が荒い。

「はぁ……意識が持ってかれそうだ……」

熱っぽい吐息が太ももにかかる。

脚を大きく開脚させられ秘められた花園を煌哉の目前に晒していた。

「きゃあ……！」

——そんなとこ、いきなり舐めるなんて……！

股に顔を埋められる光景は刺激的すぎる。美しい顔を不浄な場所に近づけられるなんて、いくら入浴後とはいえ受け入れがたい。

「ダメ、そんな舐めちゃ……っ」

ぴちゃぴちゃとした卑猥な音が響く。時折、唾液と共に冴月がこぼした愛液を大きく啜《すす》られた。

恥ずかしすぎて顔から火が出そうだ。耳を塞ぎたいけれど、きっと煌哉が許してくれない。目を閉じるな耳を塞ぐな、全神経で俺に集中しろと命じそうだ。

「甘い……」

煌哉の呟きが冴月の鼓膜に届いた。

体液に甘味があるはずがないと思うのに、煌哉は夢中で冴月の蜜を舐める。その光景を見つめるだけでさらに羞恥と快感が高められ、分泌液が止まらなくなりそうだ。

――お腹の奥が熱い……ずっとじくじくしてる。

恥ずかしすぎてやめてほしい。でもここでやめられるのは嫌だとも思ってしまう。

舐めないでほしい。違う、もっと舐めてほしい。

相反する感情が冴月の中に渦巻いている。

――クラクラする……頭がうまく回らない。

アルコール度数が高い酒を飲んだかのような酩酊感に似ている。煌哉から放たれるフェ

ロモンの濃度が上がったのだろうか。

下腹の収縮が止まらない。本能的に雄を求めているらしい。

理性を手放してしまえば、もっと気持ちよくなれそうだ。彼に触れられるのは嫌ではないのだから。

「ん、ん……っ」

長い舌で散々舐められ時折花芽も刺激され、身体の熱が高められていく。身体はがっちりと拘束され、脚を動かすこともできない。

狭い隘路《あいろ》を舌が侵入しようとする。

浅く抜き差しされると、自然と腰が揺れた。

——ほしい。

彼の熱を胎内で感じたい。もっと奥まで満たされたい。

こくり、と唾液を飲み込んだ。身体が熱くてたまらない。

「はぁ……限界だ」

煌哉が上体を起こし、顔を上げた。

「……っ」

ギラリと光る金の目が冴月の動きを封じる。

——ああ、綺麗……獣の目みたい。

突如生えた獣の耳と、口元から覗く犬歯。そして月をより強く輝かせたような金の瞳。

どういう原理でそんな変化が起きているのかわからないが、不思議と怖くはなかった。ただ美しくてドキドキして、彼の引力に抗えそうにない。

煌哉がベッドの上で膝立ちになりベルトを外す。

バックルを外す金属の擦れる音が冴月の期待を高めていく。前髪が額にかかり、スラックスのジッパーを下ろす姿がたまらなくセクシーだ。

なにも考えられない。ただ目の前の魅惑的な雄に食べられたい。

──そう、食べてもらいたい。

自分が彼にとってごちそうになるかはわからないが、身体の奥深くまで貪ってほしい。

男を知らない身でこんなことを思うなどどうかしている。だが冴月の理性はとっくになくなり、残っているのはひっそりと眠っていた本能的な欲望だけ。それを表面に引きずりだしたのは目の前の雄だ。

野性的なフェロモンをまき散らしながら、煌哉は下着に収まりきっていない窮屈な楔《くさび》を解放する。

「……ッ」

この間チラリと見えたものとは違う。興奮状態の男性器を初めて見た。

血管の浮かんだ赤黒い屹立は臍につきそうなほど雄々しく反り返り、先端から透明な蜜を零している。

まるで意思を持った別の生き物のようだ。冴月にとっては未知の物体すぎて、どう反応していいのかもわからない。

——あれが私の中に……？

衝撃的な光景を目の当たりにし、理性が少しだけ戻ってきた。

比較対象がいないため、煌哉のものが平均的なサイズか規格外かはわからない。だが確実に大きい。巨根と呼ぶにふさわしいのではないか。

「今さらやめたなんて言うなよ。泣いて嫌がっても止められない」

煌哉の背後でふさっとなにかが揺れた。

下着を脱いだ彼のお尻から真っ黒な尻尾が生えている。

——……尻尾!?

見た目は狼の尻尾のようだ。

——本物？　触ってもいいのかな……というか、獅堂さんは一体何者!?

恐怖心はないが、困惑はする。

そして彼の大きすぎるものを受け入れられる気がしない。

「あ、待って……っ」

なにやら早まっている気がしなくもない。

「無理だ、待てねえ」

煌哉の呟きと共に、先ほど散々舐められた蜜壷に煌哉の指が挿入された。ごつごつした太い指は一本受け入れるだけで異物感がある。

「んぅ……」

「冴月からは他の雄の臭いはしないが、ここに誰かを受け入れたことは？」

片手で下腹を撫でられた。

そっと触れられただけなのに、それすらも感度を上げるスパイスとなる。

「ふぁ……」

冴月の口から小さく声が漏れた。ゆるゆると首を左右に振る。

「ないんだな」

「ない、です……」

呆れられただろうか。この歳で男性経験がないのは面倒だと思われたかもしれない。

だが煌哉の尻尾が大きく左右に揺れた。彼の感情を表すようにふさふさな尻尾がシーツをこする。

「ああ、たまんねぇ……」

「面倒くさくてごめんなさい」

「なに言ってんだ。逆だ、冴月。よく守り切った」

――別に守ってきたわけでは……。

ただ機会がなかっただけなのだが、面倒だと思われていないならよかった。

「だが、優しくできる自信がない」

それは困る。最大限努力してほしい。

しかし煌哉の限界は確かにすぐそこまで来ているようだった。

――汗がすごい。苦しそう……？

ギラギラとした目は落ち着きがなく、呼吸は先ほどからずっと荒い。まるでアスリートが長時間トレーニングをした後のようだ。

きっと会話をするのも辛いのだろう。

「冴月のはじめて……はぁ、もっと優しく……」

煌哉が呼吸混じりの独り言をこぼす。

冴月への愛撫は止まらず、冴月は膣の中に煌哉の指を三本咥えこんでいた。

「あぁ……んぅ」

グチュグチュとした淫靡な水音が止まらない。

胸の頂を指先で弾かれ、首元を煌哉の舌でざらりと舐められる。

身体中が性感帯になったかのよう。彼に触れられる場所が熱くて気持ちよくてたまらない。理性がふたたび沈み、本能的な欲望が浮上する。

――きもちいい……もっと。

たくさん触れてほしい。互いの熱を感じたい。

時折肌にちくりとした痛みを感じるが、それすらも快感に変換されているようだ。所有の証をつけられたのだと思うと、彼の独占欲を感じられる。

ピリッとなにかが破かれた音がした。

煌哉が避妊具のパッケージを口に咥えている。

――ああ、そうか。避妊……。

酩酊状態でも避妊を思い出せてよかった。

この行為は生殖行為なのだ。妊娠する可能性がある。

身体を繋げることには了承しても妊娠は避けたい。

何度目かのキスを受け入れる。

「ん、ん……っ」

彼とのキスは気持ちいい。

こんな風に口内を舐められることが気持ちいいなんて知らなかった。舌を絡め合うだけでさらに愛液が溢れてくる。

頭がぼうっとして働かない。膣内を柔らかく拡げていた指はいつの間にか引き抜かれ、代わりに蜜口に熱い質量を感じた。

「ン……ッ！」

グプ……ッ、と楔が泥濘《ぬかるみ》に埋められ、少しずつ隘路を拓かれていく。

半分ほど進むと、そこからは箍《たが》が外れたように一息で最奥まで押し込まれた。冴月の身体に電流が走る。

「アァ——……ッ」

脳天まで貫かれたような衝撃だ。

痛みと快楽が一気に押し寄せてくる。これまで感じたことがない感覚が冴月を襲う。

——痛い……だけじゃない。

内臓が圧迫されて苦しい。じんじんとした痺れが続く。

「ハア……ッ」

荒い呼吸を吐き出しながら煌哉が冴月の片脚を抱えた。

腰が浮き、繋がった箇所を見せつけられる。なんとも卑猥な光景で、冴月は目を覆いたくなった。

「やあ、ぁ……」

無意識に中のものを締め付けると、煌哉の眉根がグッと寄せられた。苦しげに顔を歪める姿も凄絶な色香を放っている。

「はぁ、冴月……」

グリグリと最奥を刺激される。腰がぴったり触れあう状態で、煌哉が冴月の膝の内側に甘く噛みついた。

「ひゃ、あぁ……っ！」

歯型がつく程度の甘噛みでも、敏感な身体には負担が大きい。

白い肌を舐めては赤い花を咲かせ、腰の律動が開始される。

「んっ、あぁ……ンァッ」

腰を打ち付ける肉の音が室内に響いた。

浅く深く抜き差しが繰り返されるうちに破瓜《はか》の痛みは薄れていく。内臓を圧迫する感覚にはまだ慣れないが、それよりも胎内で膨らむ快楽に意識を奪われていた。

激情をぶつけられるように身体を重ねる。

今は目の前の煌哉だけを考えていればいい。彼のことで頭も身体もいっぱいにして、空っぽな心を満たしたい。

「こう、や……」

冴月が両腕を広げると、すぐに彼が抱きしめてくれた。

温かくて汗ばんだ肌が心地いい。

煌哉と密着していると不思議と心が満たされていく。甘えてもいいのだと思わせてくれる。

身体を引き寄せられて、煌哉の膝にのせられた。胎内に埋まったままの楔が奥まで入り込んで苦しいが、彼をより深くで感じられる。

「冴月」

「……っ」

こんなに甘い声で名前を呼んでもらえたのは初めてだ。自分の名前が特別になった気がして胸が満たされる。

「出すぞ」

そう短く呟いた直後、煌哉の腕にギュッと抱きしめられた。

逃がさないように、逃げられないように。強固な檻に閉じ込められたまま、煌哉は膜越しに精を吐き出す。

「ク……ッ」

「ンァ……っ」

ぶるりと震えた彼の身体から力が抜けるのが伝わった。

——ああ、これで終わり……？

もう少し甘えていたかった。

少しの寂しさと切なさを感じる。

身体を倒されて背中にシーツが当たった。

煌哉は手早く避妊具の処理をし、ふたたび新たな避妊具を装着していた。

——え？

幾分か目の色の煌めきが抑えられている。冷静さを取り戻せている様子だ。

「手荒くしてすまない。少し余裕を取り戻した」

「あ、はい……？」

それで何故、彼の雄は回復しているのだろう。

——あれ、耳も消えてる？

煌哉の頭にモフモフした耳がない。あとでたくさん触らせてもらおうと思っていた尻尾も消えていた。

——え？ 幻？ 夢？

そんなものは最初から存在しなかったのだろうか。そもそも人間の身体に獣の耳や尻尾があるほうがおかしいのだが。

「次はもう少しじっくり愛し合うぞ」

「え……！」

抗議をさせないためか、煌哉に口を塞がれた。

何度目になるかわからないキスで頭の中がふたたびピンク色に染まる。煌哉のフェロモンは薄まるどころか、さらに濃くなったようだ。

キスをされれば理性が飛んで、身体から余計な力が抜ける。

丹念な愛撫が再開され、たっぷり喘がされながら二回戦に突入したのだった。


散々身体を酷使させられたからなかなか起きられないかと思いきや、逆に早く寝てしまったため早朝に目が覚めた。

室内はまだ薄暗い。ナイトテーブルに置かれている時計の針は五時半を示していた。

――五時半……電車がもう動いてる時間。

今朝は裸のまま煌哉に抱きしめられている。

あの睦み合いは夢ではなかったらしい。

初めてだというのに、途中からたくさんねだってノリノリになってしまった自分が恥ずかしい。

――私が私じゃなかったというか、正気じゃなかったというか……穴があったら入りたい！

煌哉がまき散らすフェロモンの影響だ。そうに違いない。あんなエロティックな顔と声と身体で迫られたら、恋愛初心者の冴月なんかひとたまりもないはずだ。

――ほんとに、夢じゃないよね……？

身体の節々が痛い。お腹の奥は鈍痛を感じている。普段は使わない筋肉を使った証拠であり、煌哉の立派な雄を受け入れた名残がしっかりある。

ごそごそしていたら彼を起こしてしまうだろうかと思ったが、煌哉もどっぷり眠っていた。冴月と一緒に眠るようになってから、彼はすっかり熟睡できるようになったと言っていた。

熟睡できるのは冴月も同じだ。どういう理屈なのかはわからないが、これはやはり相性がいいということなのだろう。

――このまま彼といたら、離れられなくなっちゃう。

麻薬のような中毒性がありそうだ。傍にいると熟睡ができて身体の相性も悪くないなんて、そのうち彼に依存しきってしまうことになるかもしれない。

今までひとりで生きてきたのに、手を差し伸べてくれる人がいて愛情までくれたら、その後自立できる気がしない。抱き着いて離れられなくなってしまう。

だから寂しさには蓋をする。甘えたい欲望には気づかないふりをしなくてはいけない。

――一度甘やかされたらひとりで生きていけなくなる。私が私でいられないのはダメだわ。

しばらく観察していたが、煌哉は起きる気配がない。

冴月が腕から逃れても、ベッドから下りても目覚めた気配はない。

——あ、そうだ。私が脱いだワンピース。これを身代わりにしよう。

部屋着を煌哉の近くに置いた。嗅覚が鋭い彼なら、衣服に染み付いた臭いを感じ取るだけで冴月が傍にいると思うはずだ。

代わりに煌哉が脱いだシャツを拝借する。袖をスンと嗅ぐと、煌哉の匂いがした。

相手の香りを嗅ぐだけで落ち着くなんて、自分はいつから変態になってしまったのだろう。

まとめている荷物から着替えを取り出し、手早く身支度を整えた。煌哉のシャツもキャリーケースに入れる。これで数日は彼と離れていてもぐっすり眠れるかもしれない。

——匂いが睡眠に影響しているかどうかはわからないけど。

キャリーケースを転がさないように持ち上げて玄関に向かう。音を立てないように気をつけながら玄関扉を開き、エレベーターに乗った。

煌哉から逃げたいわけではない。だけどずっと一緒にはいられない。自分がよくわからないなにかに巻き込まれているなら、彼に迷惑はかけられない。

——ほらね、自分から部屋を出たのに。もう寂しくなってる。

彼の温もりが消えて心細いなんて知りたくなかった。包み込んでくれる温もりに甘えたいなどと思ってはいけないのに。

誰かに頼り甘えるのは許されないことだから。

『あなただけが幸せになれるなんて思わないで』

呪いの言葉が脳裏を駆ける。

「……そんなの私だってわかってるよ、お母さん」

幸せになる権利なんてない。だから永遠の愛なんて望んではいけない。

一時だけ愛される体験ができた。その思い出だけで十分幸せだ。

「……ただいま」

数日前、煌哉と来たときには窮屈だと感じた自室に戻る。彼がいないだけで部屋はいつも通りの様相で、そして酷く殺風景に見えた。

今まではここが自分の城で、自由になれる居場所だった。だが今はひとりぼっちになってしまったという気持ちが強い。

昨日の今日で自宅に帰ってくるなど、彼からしてみれば正気の沙汰《さた》ではないだろう。

——貴重品をまとめておかないと。

しばらくこの部屋に帰ってこなくてもいいように。

情交の痕を消すために熱いシャワーを浴びる。

歯型の痕は残っていなかったが、煌哉につけられたキスマークの多さに密かに慄《おのの》き、思い出を刻み込むように指先でなぞった。

◆　◆　◆

愛しい恋人と初めて結ばれた翌日の朝、煌哉は絶望の淵《ふち》に落とされた。

冴月の身体にそっと手を滑らせようとするも、なんだか感触がおかしい。手のひらに残る胸の柔らかさは幻だったのかと思えるほど、どこを触ってもまっ平《たいら》だ。

「……冴月？」

煌哉が抱きしめていたのは冴月のワンピースがかけられた枕だった。こんな残酷な仕打ちは初めてで、しばらく思考が停止した。

「クソッ、どこ行った」

彼女が寝ていた場所から温もりが消えている。冴月が起きてからしばらく経っているらしい。

彼女の匂いのするワンピースに安心して熟睡するなど、間抜けにも程がある。それを握りしめたまま冴月の姿を捜すも、洗面所にも浴室にも気配がない。

――荷物が消えている。

冴月のキャリーケースが部屋から消えていた。荷物をまとめていたことにも気づかなかった。

ダイニングテーブルにも置き手紙など残っていない。言いようのない感情がこみ上げてくる。

「おはようございます。煌哉様」

キッチンから狛居が顔を出した。冴月と入れ違いに来ていたらしい。

煌哉の様子がおかしいことに気づき、狛居が眉を上げた。

「どうかなさいましたか？　コーヒー飲まれます？」

「冴月が消えた」

「えーと、それは煌哉様が全裸でうろつくからでは？」

「冴月の前で全裸でうろついたことはない」

多分。一度だけあった気もするが。

「とりあえずパンツくらい穿いてください。女性の衣類を持ったまま全裸って絵面がヤバいです」

狛居が「ちょっと待っててくださいよ」と言い残してリビングを去った。すぐにバスローブを用意し、煌哉に押し付けて羽織るように言う。

「身体が丈夫なのはいいことですけど、一応冬なので。なにか羽織っててくださいね」

「お前、冴月に会わなかったか」

「いいえ、てっきりまだお休みになっているのかと……そういえば玄関に靴がなかったですね。まさか逃げられたんですか？」

煌哉はバスローブを羽織りダイニングテーブルの椅子に腰かけた。時計の針は朝の七時を指している。

「両想いなのを確かめた。散々愛し合ってマーキングしたというのに一晩経って逃げられるとはどういうことだ」

「えーと、煌哉様が下手くそだったんじゃ」

狛居が同情めいた視線を向けてくる。

なんだか非常にイラッときた。

「……それは本人に聞かないとわからん。だが理性の糸が切れたのは認める」

無理をさせた自覚はあった。初心者相手に三回も求めてしまったのはまずかったかもしれない。

だがそれが理由で逃げられたとも思えない。

狛居が淹れたコーヒーを一瞥《いちべつ》し、煌哉はキッチンへ向かった。保存袋がないかと引き出しを開ける。

「なにをお探しで？」

「ジッパー付きの保存袋。この服を入れるんだ。冴月の匂いが薄れないように」

「うわぁ～」

そう言いつつも大きめの袋をすぐに見つけてくるのだから、狛居は頼りになる。

狛居は煌哉がワンピースを密封しているところを眺めながら、ダイニングテーブルにタブレットを置いた。

「意気消沈している暇はありませんよ。織宮さんの報告書です」

「お前はもう読んだか」

「ええ、ざっとですが。それを読んだら彼女が去った理由も少しは理解できるんじゃないですか」

タッチパネルを指でスクロールさせていく。

冴月の出身地、経歴、家族構成や勤務先など一通りの情報に目を通した。

「双子の兄がいるようだが、事故死しているな。……命日が冴月の誕生日？」

あと二週間ほどで大晦日だ。冴月の誕生日であり、最愛の家族の命日でもある。

「それも気になるところですが、私は母親が入っている怪しげな新興宗教というのが厄介だと思いますよ。今回の闇サイトの件、十中八九母親関係では」

ちょうど煌哉も母親の報告に目を留めていた。聞いたこともない新興宗教の信者になったらしい。

「なんだ、この胡散臭い新興宗教は。輪廻転生《りんねてんせい》教だと？」

「私も初めて聞いたので詳しいことはわかりませんが、愛する人の生まれ変わりを見つける団体だそうですね……」

冴月の母親がこの団体に入信し、多額の寄付をし始めたのは今年の秋から。まだ三か月しか経っていない。

「冴月に男児を産ませたら五千万だったな？　たった五千万で俺の嫁を奪おうとはいい度胸だ。全員血祭りにしてやる」

「まだお嫁さんじゃないですけどね。あなた逃げられてますし」

狛居がコーヒーを啜りながら辛辣な言葉を浴びせるが、煌哉はスルーした。

冴月は闇サイトの投稿には心当たりがないと言っていたが、狛居が言う通り母親が無関係とは言いがたい。

「金に目が眩んだ下種《げす》なんかに冴月の髪の毛一本くれてやるものか」

タブレットの液晶画面にひびが入った。プツン、と電源が落ちて使い物にならなくなる。

「あ、また壊しましたね！　ちょっと煌哉様、目と耳が変化してますよ。尻尾まで出してないでしょうね？　……というかまさかこの姿、織宮さんに見られたなんてことは」

「がっつり見られた。その上で受け入れられた。と、思う」

冴月から耳を触ってきた。感情のコントロールが利かなくなった姿を見ても、彼女は叫ぶどころか逃げもしなかった。

「悲鳴も上げなかったとは肝の据わった方ですね……って、こうしちゃいられません。早く織宮さんをお嫁さんに貰わないと！　外堀を埋めてメロメロにして一生離れたくないと思わせるんです！　その顔と身体と資産をようやく使うときが来ましたね」

「おい、俺を顔と身体と金だけの男みたいに言うな」

外見と資産だけでメロメロにできるなら、冴月は煌哉のもとから離れていない。

「だがまあ、俺はとっくに離すつもりはない。次は逃がさないように監禁用の足枷と鎖を調達するぞ」

「あ、犯罪はダメです。プレイ用の手錠はギリOKですが監禁目的はNGです。それに逃がさないようになんて負け犬が言う台詞ですよ？　自ら強固な鳥かごに入りたがるように仕向けるのが一級のスパダリというものでは」

「スパダリ？」

「スーパーダーリンです。世の女性たちの憧れです。煌哉様もあと一歩ですかね」

「お前はどこからそんな情報を仕入れてくるんだ」

煌哉は胡乱《うろん》な目で狛居を睨んだ。

だが多くの女性が憧れるというなら、冴月もそうかもしれない。

「監禁用の足枷と鎖は冗談だが、つまりドロドロに甘やかして俺から離れたくないと思わせればいいんだな？　俺は全力で冴月を嫁にするぞ。冴月は俺の番《つがい》だからな」

隣にいて熟睡できる相手が単なる相性のいい人間であるはずがない。

唯一無二の存在だから、無防備な寝姿を晒すことができるのだ。

「わかりました。では私も本家に根回しをしておきましょう。織宮さんを逃したら煌哉様は一生寂しい独り身でしょうし、獅堂の跡取り問題もさっさと解決させたいですからねぇ」

いちいち余計な言葉が多いが、事実なので反論できない。

煌哉が三十を過ぎても独身でいられたのは狛居の存在も大きい。すべてのクレームの窓口になってくれていたのだから。

「番が見つかったと知れば、あのうるさい狸じじいどもも静かになるだろう」

「そうと決まればさっさと織宮さんを口説き落として入籍しちゃってください。籍さえ入れればなんとかなります」

聞きようによってはヤクザのような台詞だが、異論はない。

煌哉は一刻も早く冴月と結婚しようと決意した。

第五章

困ったときに遠慮なく押しかけられる友人がいないため、木曜日は職場近くのビジネスホテルに泊まった。

クリスマスまで一週間あってよかった。クリスマス前後はビジネスホテルでも満室だろう。

とはいえ何泊もホテルに泊まることはできない。冬のボーナスが出たばかりとはいえ、そこまで余裕があるわけでもない。

――逃げなきゃって考えてたけど、なんで私が逃げなきゃいけないんだろう。こっちはなにもしてないっていうのに。

ただ普通に暮らしているだけで、引っ越しを余儀なくされて、もしかしたら転職もしなくてはいけないなど冗談ではない。なにもやましいことなどしていないのに、闇サイトに情報が載せられたことで金銭的、精神的にも負担を強いられるなどどうかしている。

闇サイトに載っている自分の情報を削除させるなら弁護士に相談するのが手っ取り早い。

幸い冴月の職場は弁護士事務所だ。相談は一般人より容易《たやす》いが……。

——ううう……無理！　職場の人に相談なんてできない。

プライベートのことは極力話したくない。働きにくくなってしまう。

仕事で困ったときに頼れる人たちではあるが、自分の問題を赤裸々に話せるかどうかは別なのだ。もしかしたら冴月の家族関係まで暴かれることになるのは勘弁したい。

——とりあえず今夜もビジネスホテルかなぁ……。

今年の有給があと二週間ほど残っている。それをまとめて使用して、都内を離れてしまうのもいいかもしれない。ネットには職場の住所までは書かれていなかったが、職場付近でナンパに遭ったのだからしばらく離れていたほうがいい。

織宮冴月と気づかれないようにイメチェンもするべきか。胸元まで伸びた黒髪を緩く巻いているが、いっそのことショートに切って髪色も変えたらどうだろうか。

——って、だからなんで私がそこまでしなきゃなの！

気分転換にヘアスタイルを変えるのはいい。でもその理由がなにかから逃げるためというのが気に食わない。

イライラを隠すように頼まれた資料を選んでいると、所長の宮坂に呼び止められた。

「いたいた、織宮さん。今事務所にお母様がお見えになっているよ」

「……え？」

「都内に来る用事があったからご挨拶《あいさつ》にとお菓子をいただいてね。あとで事務所のみんなといただくよ。ちょうどお昼時間なんだから、長めに休憩取ってお話してきたらどうだい？　君は全然帰省していないんだろう？」

「お気遣いありがとうございます」

手元の資料を抱えてデスクに戻ると、所長の息子である誠一に母親を応接間に通したことを知らされた。

「まさかアポなしの訪問でしたか？」

こそっと確認されて思わず頷く。冴月が家族の話を滅多にしないため、大丈夫なのかと心配になったらしい。

「すみません、ご迷惑をおかけして。このままお昼休憩いただきます」

「はい、ごゆっくり。あ、でももしヘルプが必要だったらメッセージくださいね。電話して呼び戻すこともできるので」

「宮坂先生、織宮さんには忠犬並みに尻尾振るよね」

ベテランパラリーガルの先輩が茶々《ちゃちゃ》を入れる。

誠一は「そういうわけでは」と否定しているが、冴月は再度礼を告げて席を立った。

応接間の扉をノックする。ソファに腰をかけていたのは五十代半ばの女性だ。

「お待たせしました」

記憶の中よりも幾分か老けたが、髪の毛もきっちり手入れされて若々しい。冴月の黒髪と違って、綺麗にダークブラウンに染められている。ふんわりしたパーマをかけて、全体的に柔らかい印象を与える人だ。

「久しぶりね、冴月」

変わらない声を聞いて胸の奥がツキンと痛む。

母の優しい声が大好きだった。本当の母だと信じていたあの日までは。

子供の頃から弦月を優先させる人だったが、冴月も兄が自慢だったため不満はなかった。だが思い返せば、母親に思いっきり甘えた記憶はない。

冴月がいつも甘えられた相手はたったひとり。兄だと信じていた弦月だけだった。


弁護士事務所から徒歩数分の場所にある老舗の洋食屋は、店内が広々としてゆったり座れる。程よく人で賑わっていて居心地がいい。

ＢＧＭがかかっているから、ボックスシートに座ると盗み聞きもされにくい。

運よく空いていた、奥にあるボックスシートに通してもらった。密談するにはベストな場所だ。

「やっぱり東京は人が多くてすごいわね。駅も街も人で酔いそう」

「今日はどうして東京に？」

「オーケストラのコンサートを聴きに。この季節はコンサートが多くていいわね」

冴月の母、百合香《ゆりか》は地元の音大を卒業した後、ピアニストとして活動していた。

幼い頃は冴月もピアノを習っていたが、まったく合わなくてすぐにやめてしまった。双子の兄、弦月はピアノだけでなくヴァイオリンも習得し音楽の才能を開花させていたが。

――そりゃあ私はこの人と血が繋がっていないんだから、才能がなくて当然だわ。

早々にピアノに見切りをつけたのは英断だったと思っている。双子なのに弦月には絶対音感があって自分にはなかった。彼とは違うのだと理解していた分、余計な苦労をせずに済んだ。

「でも今まで私の職場に来たことなんてなかったでしょう。何故急に連絡もなしに来たんですか」

「だってあなた、私が連絡しても出てくれないでしょう？」

「……内容によります」

両親とはほとんど絶縁状態だ。冴月から関わることはないに等しい。

弦月が消えてから家族を継続することができなくなった。

機能不全となった家族が一緒に過ごすことは違和感だらけでしかなくて、冴月は高校を卒業するまで祖父母の家に身を寄せた。実家には弦月との思い出が詰まりすぎていた。

「私が離婚して織宮の家から離れた後も、あなたのことを忘れた日はなかったわ。だってたったひとり残った娘ですもの」

——別に、娘だなんて思っていないくせに。

なんとも白々しい。ここ数年一度も連絡をしてきていないのに、急に会いに来るなんて怪しさしかない。

運ばれて来たビーフシチューに視線を落とす。

食欲など湧いてこないが、食べることで間を持たせるしかない。

「……お母さんは元気そうでよかったです」

年齢による変化はあるけれど、見たところ健康そうだ。まだ五十代なのだから精力的に動ける年齢でもある。

一時期は精神的に病んでしまっていたけれど、音楽に触れて少しずつ本来の自分を取り戻したのだろう。

——なんて思うのは都合が良すぎるかしら。

食事をしながら慎重に探る。不審な点はないか、冴月に会いに来た本当の目的はなんなのかと。

ほとんど食事を終える頃、百合香が本題を切り出した。

「冴月は輪廻転生ってあると思う？」

「何の話？」

「生まれ変わりの話よ。お母さんね、最近お友達の勧めで輪廻転生教に入信したの。ここの教えはすばらしいのよ。愛する人とお別れしても、魂《たましい》が近ければ近いほどその人が自分の近くで生まれ変わるんですって。でも前世の記憶は消えてしまうから、生きている人が気づいてあげないといけなくて……ここの教祖様は生まれ変わった人を見つけてくれるのよ」

「……なにを言ってるの」

冴月の脳裏にネットで見た記事が思い浮かぶ。

音信不通だったかつての同級生が急にコンタクトをとって来たときは気をつけろと。ねずみ講や宗教の勧誘が目的かもしれないと書かれていた。

──わあーそっちかー！

母方の実家は裕福な資産家のため、お金の無心の線はない。

憎んでいるはずの娘に会いに来る理由はなんだろうかと警戒を続けていたけれど、宗教問題とは思わなかった。

──輪廻転生教なんて聞いたこともないわよ。なんなのよ、一体。大事な人を亡くした人の心に付け入るなんて……！

大切な人が亡くなった後、いつかどこかで生まれ変わってほしいと願うだけでよかったのに、会えるかもしれないと唆《そそのか》されれば欲が出てしまうのが人間という生き物だ。

そんなものは神のみぞ知ることで、ただの人間がコントロールできることではないだろうに。

――そこの教祖とやらは、神様とコンタクトができるとかそういうことを言っているのかしら。輪廻を司る神様っているの？　怪しすぎる。

食べ終わったプレートが片付けられ、食後のデザートとコーヒーが運ばれた。

アップルパイのバニラアイス添えだ。

食欲なんてなかったけれど、食べ始めたら全部いけそうだ。紅茶を一口飲み、百合香に尋ねる。

「お母さん、そこに寄付なんてしてないわよね」

高額な寄付金をすればするほどいいカモだと思われそうだ。

「したけど、ほんの少しよ。気持ち程度」

「いくら？」

「まだ入信して三か月だから、一千万くらいかしら」

「一千万……!?」

冴月の貯金よりはるかに多い。

それを気持ち程度と言える金銭感覚もどうかしている。

血が繋がっていないとはいえ、育ての親がそんな怪しい宗教にのめり込んでいるのは見過ごせない。冴月が勤める弁護士事務所は生憎宗教問題には強くないが。

——これは所長に相談するしかないかも……誰か知り合いの先生を紹介してもらえないかって……。

顔に出さないように頭を回転させていると、百合香が少女のような笑みを浮かべた。お嬢様育ちの彼女は年をとってもどことなく浮世離れしている。

「すばらしいのよ、教祖様は。うちの家族のことを相談したら、いずれ弦月も生まれ変わるでしょうって。しかも教祖様なら霊能力があって魂も見えるから、生まれ変わりに会わせてくれることもできるんですって」

「……っ！」

「あなたたちは双子として育ったんだもの。本当は従兄妹だけれど、血も魂の繋がりも一番近いところにいるわ。教祖様がね、冴月が産んだ息子が弦月の生まれ変わりだろうって仰《おっしゃ》るのよ。もううれしくって！　それなら出産は早ければ早いほうがいいわよね。できれば二十代で産んだほうが身体も楽だもの」

「……なにを言ってるの」

理解不能な発言にゾッとする。

一瞬で身体が凍りつく。同時に確信した。

――やっぱり、この人が私を売ったんだわ。五千万で。

たった五千万で娘を売るなんてどうかしている。酷い、最低だと詰《なじ》ったところで百合香には通じないだろう。

「弦月が生きていたら、私たち家族がバラバラになることはなかったわ。それにね、あなたを引き取ったのはお義兄様の子供だからよ」

冴月は織宮家の長男の娘だ。百合香は次男と結婚し弦月を出産した。

冴月の本当の両親は海外の飛行機事故で亡くなっている。まだ一歳未満だった冴月は叔父夫婦に引き取られ、誕生日が一日違いということで弦月の双子として育てられることになったのだ。

百合香の初恋相手は冴月の父で、本当は彼と結婚したかったらしい。けれど彼には学生時代から交際を続けていた女性がいて、百合香が付け入る隙がなかった。

そのまま同い年の幼馴染である織宮家の次男と結婚。冴月の目から見てもふたりは仲が良かったと思っている。そこに恋愛感情があったのかはわからないが。

「弦月は昔から冴月のことが大好きだったんだもの。双子として育てたのに、将来は絶対結婚するんだって言うほど。兄妹とは結婚できないのよって諭してきたのに、あの子はずっとあなたばかり見ていて、あなたを追いかけて事故死するなんて……」

「……」

心臓がギュッと痛んだ。

十年以上前の話でも、心に刻まれた痛みも苦しみも薄れていない。

表情を消した百合香がふいに微笑んだ。その突然の変化に冴月は混乱する。

「だからね、冴月が弦月の生まれ変わりを産んであげないと。あの子がかわいそうでしょう？」

おっとりと紡がれるのは呪いの言葉。

百合香はこれが毒親の発言だとは思っていないだろう。

喉が塞がって声が出せない。身体も硬直して頭も真っ白になる。

――だから私の相手は誰でもいいの？　私が男の子を出産すればそれで満足なの？

犯して孕ませたら五千万も貰える。そんな楽な仕事はないと、数多の男から娘が狙われるのも気にしていないのか。

カップを持つ手がカタカタと震えた。きっとこの人にはなにを言っても通じない。

――私の価値ってなんだっけ。

思考が暗闇に沈みそうになる。

「それで今お付き合いしている人はいるの？　もし誰もいないようならお母さんがいい人を見つけてあげるわ。弦月の身体になるんだから遺伝子は大事よ」

「あ、織……冴月さん！」

沈みかけていた思考がハッと浮上する。

誠一が早歩きで冴月たちのテーブルにやって来た。

「宮坂先生？」

何故ここに？

そういえばなにか困ったことがあれば迎えにくるとか言っていたが、冴月から連絡はしていない。

――まさか様子を見に来てくれたの？

事務所の近くでゆっくり食事がとれる店はここくらいしかない。あとはファミレスだが、さすがに数年ぶりに再会した母親を連れてファミレスを選ぶとは思わなかったのだろう。

「すみません、邪魔してしまって。そろそろ次のアポの方が来られるので、戻ってもらっていいですか？」

「……はい、もちろんです。わざわざすみません。お母さん、ここは払っておくからゆっくりコーヒー飲んでて」

「あら、いいわよ。私が突然押しかけたんだもの。伝票は置いて行きなさい」

「ううん、久しぶりに元気そうな顔が見られてよかったから。私に奢らせて」

伝票を持ってレジに向かう。母には一円たりとも借りを作りたくはない。

――ランチを奢ったでしょうって脅してくる人ではないけれど。気持ち的に無理だわ。

就職してから一度も会っていなかったのだ。親孝行などしていないのだからランチ代を奢るくらい安いものだ。

事務所までの帰り道に、冴月は誠一に頭を下げた。

「すみません、宮坂先生。迎えに来てくださってありがとうございました。正直助かりました」

「いや、そんな改まってお礼を言わなくていいですよ。アポがあるのは本当のことだし……まだ時間はあるけれど」

次の依頼人が来るまで一時間以上はあるが、事前の準備を考えると早めに戻っておいたほうがいい。

——ほんと、宮坂先生は同僚思いな人よね。

表面上は普通にしていたけれど、冴月の様子に違和感を覚えたのだろう。

「邪魔しておいてなんですが、お母さんとの話の内容は聞いていないから安心してください。本当はなんとなく気になって様子を覗きに来ただけだったんですけど、織宮さんの顔が蒼白だったからつい……もし早退したほうがよければ所長に伝えておきますよ」

「いえ、仕事をしていたほうが気が紛れるので大丈夫です。お気遣いありがとうございます。でももし私が使い物にならないと判断したら追い出してください」

「そんな追い出すなんて……まあ、わかりました。そのときは早く帰ったほうがいいって声をかけます」

　事務所のビルに到着する。

　エレベーターを待ちながら、冴月は引っ越しを決意した。

「宮坂先生、早退よりも図々しいお願いが」

「ん？　なんですか？」

　エレベーターに乗り込みボタンを押す。

「来週から一週間ちょっと、有給を使用したいと思います。早めに年末のお休みを取得させてもらえたら助かります」

「え？　週明けから？」

　チン、とエレベーターが到着を告げる。

　戸惑うのは無理もない。冴月は今年もきっちりカレンダー通りに働く予定だったのだから。

「急な引っ越しが入りそうなので、余ってる有給を消化させていただけないでしょうか。私が担当している案件は今日中に片付けられそうなので、後ほど報告します。宮坂先生のアシスタントには他に手が空いてる方にお願いできませんか」

　急なお願いにもかかわらず、誠一は快く頷いた。

◆
◆
◆

冴月と弦月は仲のいい兄妹だった。

誕生日は一日違いで兄の弦月は十二月三十日に、妹の冴月は日付をまたいだ三十一日に生まれた。

明るく活発で運動神経がいい冴月とは対照的に、弦月はインドア派で幼い頃からピアノとヴァイオリンの才能に恵まれていた。弦月が奏でる音は繊細で優美で、冴月は子供心に弦月は選ばれた子供だと思っていた。

『二卵性とはいえ、私たちって双子なのに全然似てないよね。弦月は幼稚園児の頃からモテモテなのに、私なんて一度も告白されたことないんだけど』

弦月は線が細く中性的な美少年だ。

クールで人と慣れ合うことをせず、特別親しい友人も作らない。でも自然と人を惹きつけてしまう魅力があった。

顔も性格も雰囲気も、冴月は弦月とは似ていない。友人たちには弦月が遺伝子のいいとこ取りをしたのだと言い、冴月は時折憐れまれることもあった。

思春期になれば、『私だってモテてみたい！』というのが冴月の口癖でもあった。女の子を振り続ける兄を見ていれば、自分ひとりだけずるいという気にもなる。

『冴月には僕がいるんだから十分でしょ』

　誰にもデレない弦月は何故か、冴月には過保護だ。もしやこいつが妹の恋路を邪魔しているんじゃ？　と思ったことは一度や二度ではない。

『ねえ弦月。私たちももう高校生なんだから、ちょっと離れよう』

　冴月は同じ高校に進学してすぐに距離を置こうと提案した。一般的な兄妹の距離感がどれくらいかはわからないが、双子とはいえ近すぎるのも問題である。

　弦月の交流関係は極端に狭い。それが冴月は嫌だった。

　彼は中学に入った頃にはヴァイオリンのコンクールで高く評価され、その美貌も相まって年々注目度が増していた。

　ヴァイオリンの練習以外はずっと冴月の傍を離れようとしない弦月が心配で、シスコンだけでは片付けられないなにかを感じ取っていたのかもしれない。

『私も部活に入ることにしたんだ。これから忙しくなると思うし』

『へえ、何部？』

『茶道部！　週二回の集まりでお茶菓子食べてだらだらできるっていうから』

『なにその部活。太るよ』

『失礼な。だって体育会系はハードすぎるから。身体を動かすことは好きだけど、朝練は無理。芸術のセンスは全然ないから美術部も無理だし、家庭科も不器用だから向かなさそう。他に文系と言えば文学部とか新聞部とか放送部とか？　放送部なんてこの学校のヒエラルキーのトップらしいよ。意味わかんないよね』

『僕そこ勧誘されたことある』

『はあ？　なんで弦月だけ！』

何故か放送部には校内の美男美女ばかりが在籍している。理由はわからないが、身内が勧誘されたのは少々鼻が高い。

『興味ないから断ったけど。冴月が一緒じゃなければ入らないって言った』

『私を断る理由に使わないでよ。というかやめなよ、私の名前を出すの。高校生にもなってシスコンだって思われるわよ』

『別に構わないけど。まあ冴月も放送部に誘うってきたから、男がいる部活に冴月は入れないと言っておいた』

『ちょっと！』

ソファに寝そべり、勝手に冴月の膝に頭をのせてくる自由な弦月に呆れた視線を落とす。この距離感は兄妹としてアリなのかナシなのかわからない。

冴月の腹部に顔を摺り寄せて抱き着く弦月に嫌悪感があるわけではないが、ただどうしていいかわからなくなる。ふいに見せる視線に親愛以上の情が隠れている気がするのだ。

『……冴月ちょっと太った？』

下腹の肉を摘まれて、弦月の頭をパシッと叩く。

『うるさい！　セクハラ弦月！』

怒って自室に駆け込む。こうでもしないと弦月の視線から逃れられない。

逃げたいなんて思っていないのに、頭のどこかで警戒音が響く。本能的になにかを察しているようで、そんな自分をおかしいと思っていた。

——双子の兄妹なのに、なに緊張してるんだろう。弦月の距離が近いのは昔からじゃない。

子供の頃からべったりで、中学に上がるまでベッドも一緒。弦月が冴月から離れないから仕方がなく一緒に寝ていたのだが、さすがに中学生になってまで同じ部屋というわけにもいかない。

ただ他愛のない会話をして、弦月が奏でるヴァイオリンの音色が聴ければ十分幸せだった。プロになる気がなく、音大に進むつもりもないというのはもったいないと思ったけれど。冴月は弦月が望む道を選べばいいと思っていた。

自分たちは仲のいい普通の家族だ。大黒柱の父がいて、ピアノが上手な母がいて、そしてイケメンでヴァイオリンがうまい兄がいる。弦月は少々出来過ぎているけれど、優秀で人気者な兄がいるのもそう珍しいことでもないだろう。

まさか普通だと思っていた家族が薄氷の上に成り立っていたなんて思いもしなかった。

誰かが強く踏み込めば容易く崩れてしまうなど、そのときが来るまで予想もしていなかったのだ。

『好きだよ、冴月』

十二月三十一日の大晦日。冴月は十六歳の誕生日を迎えた。

生まれて初めてされた告白は、ずっと傍にいた双子の兄からだった。

『うん、知ってるけど……どうしたの急に。あ、私のアイス、勝手に食べた？』

いつになく真剣な眼差しだった。

弦月の視線を受け止めたくなくて、冴月はあえて気づかないふりをした。

『ねえ、冴月。僕たちが本当は双子じゃないって知ったらうれしい？　悲しい？』

『は？　なに冗談言ってんの』

そんな疑いは何度もあった。友人たちからも似ていない双子だとからかわれた。

けれどそのたびに両親も祖父母も違うと否定したのだから、自分たちは双子で間違いない。

『ほんとだよ。冗談じゃない』

『はあ？』

笑って流そうとしたが、弦月に手首を拘束された。

その真剣な眼差しを見て、冴月の心臓が跳ねた。

『君と僕は血の繋がり的には従兄妹なんだ。戸籍謄本を確認したんだから間違いない』

『戸籍……って、え？　ほんとに？』

なんでそんなものを弦月が確認したのだろう。だがそれよりも従兄妹という発言が気になった。

『……どういうこと』

『冴月の本当の両親は飛行機事故で亡くなった伯父さん夫妻で、君は父さんたちが養子として引き取った。誕生日が一日違いだから双子ということにして』

似てない双子だと言われ続けてきたけれど、本当に双子じゃないなんて思いもしなかった。

――だってみんな私たちは双子だって言ってたから。

両親も祖父母も、双子だからと強調していた。誰も従兄妹だとは言わなかった。

『その事実を知って、僕はうれしかった。すごくすごくうれしかった。だって兄妹じゃなければ、冴月とずっと一緒にいられるでしょう？　僕の好きはそういう好きだよ、冴月』

『……ッ』

兄妹として接していたのは自分だけだった。弦月はとっくに冴月をひとりの異性として見ていたのだと気づくと、言いようのない拒絶感がこみ上げてきた。

弦月はいつから冴月を欲していた？

どうして誰も自分にだけ真実を教えてくれなかったの？

頭が混乱しうまく呑み込めない。目の前にいる兄が途端に知らない男に思えてきた。

急に告白されても困る。だって弦月は大切な家族なのだ。

『ごめん、好きな人がいるから……』

『どこの男？』

『同じ学年の同級生。選択科目が一緒で』

冴月と話が合って、いいなと思っている男子生徒だ。彼と話すのを待ち望んでいると気づいたとき、多分これが恋なんだと思った。

気持ちを伝えるほど恋心は育っていないけれど、時間をかけて育みたい。そんな淡い恋情を抱いていた。

『……ムカつく』

『弦月……ンッ！』

顔を上げた直後、弦月に唇を奪われた。

ファーストキスは好きな人と制服デートで、なんてささやかな夢を持っていたのに。現実は妄想とはまるで違う。

『やめ、弦月……っ！』

口の中にぬるりとした感触がした。

突然のことに肌が粟立ち、弦月の肩を押して強く拒絶した。

『……っ！』

目から零れた涙には一体どんな感情が込められていたのか、自分でもよくわからない。ただ頭がパニック状態だった。

ここから早く離れたい。

衝動的にダウンジャケットを手に取って、気づけば玄関から飛び出していた。通い慣れた道を走り続け、空から雪が降っていることにも気づかなかった。

『寒い……』

少しの間ひとりになりたい。なにが起こったのか考える時間がほしい。

そんな気持ちで家を飛び出しただけなのに……冴月を追った弦月が交通事故に巻き込まれていたとは思いもしなかった。

雪でタイヤがスリップし、車がコントロールを失った。弦月は道路を滑った車に運悪く跳ねられた。

即死で苦しむことはなかったと言われたことが唯一の救いで、でも早すぎる死に頭が追い付かない。

――私が弦月を殺したの？　拒絶して逃げたから？

まさか死ぬなんて思わなかった。弦月を拒絶して二度と会えなくなるなんて。

『なんで弦月が事故に巻き込まれたのよ……！』

泣き崩れる両親の姿が胸を締め付ける。

彼らを実の両親だと信じていたのに、本当は養父母だった。ふたりになんて声をかけたらいいのかわからず、冴月は呆然と弦月の亡骸を見つめ続けた。

幸い顔と手は無傷だった。ヴァイオリンを奏でる手に損傷がないことに安堵した。

ただ眠っているだけに見える亡骸を呆然と見つめ続ける。心が麻痺して、涙も出てこない。

冴月の十六歳の誕生日は弦月の命日となった。

この日から毎年の誕生日は懺悔と後悔の念で埋め尽くされる。

冬が近づくにつれて冴月の不眠症は酷くなり、十二月に入ると薬に頼らなくては眠れなくなった。


冬なんて嫌いだ。雪は特に大嫌いだ。

大事な人が真っ白い世界に連れ去られてしまったから。

都会の暖冬が冴月の心を少しだけ癒やしてくれる。

——今年も例年通り、雪が降らなければいい。

急な休暇申請にも関わらず、事務所の同僚たちは快く受け入れてくれた。きっと百合香が突然現れたことと関係していると思っているのだろう。

実家の都合で休暇を取らざるを得なくなったと思ってくれるのを都合がいいと思うべきか悩むところだが、そもそも百合香が新興宗教と関わったことが問題だから理由としては間違っていない。

――でも、闇サイトへの投稿までお母さんがやったとは限らないわ。

冷静に考えをまとめていたときに気づいた。機械音痴な彼女はスマホで検索するのが精いっぱい。SNSにも興味がない人だ。

百合香の願いを聞いて闇サイトに書き込んだ人物がいる可能性が高い。それは宗教団体の人間ではないか。

百合香は弦月の生まれ変わりに会いたがっているが、弦月の身体がどんな器でも構わないとは思っていないはずだ。

遺伝子は大事だと言っていた通り、彼女は家柄や血筋にこだわりがある。

――獅堂さんと関係を持ったなんて絶対に知られたくない。

きっと百合香は舞い上がることだろう。娘の幸せよりも、弦月の誕生を強く望んでいるから。

表面上は元気で健康的に見えるけれど、彼女の精神は蝕まれている。最愛の息子が亡くなった日から時が止まったままなのだ。

愛されていると勘違いしていたことを知り、冴月は両親と距離を置いた。

百合香が冴月を引き取ったのは、彼女が本当に結婚したかった男の娘だから。弦月が亡くなってから金切り声を上げるようになった百合香が、ある時そう叫んだのだ。それを知ったとき、彼女のこれまでの自分に対する態度がどこか腑に落ちた。

ピアノを弾かなくなった百合香とあっさり離婚を決めた養父にも違和感を覚えた。彼は冴月が子供の頃から、百合香のピアノが好きだと言っていた。

初恋の幼馴染と結婚したのに、百合香の精神が崩れていくのを知りながら距離を置いたのは何故なのか。

養父が好きだったのはピアノを弾く百合香であり、ただの百合香には興味がなかったのだろうか。そういえば彼はピアノを弾いている姿が一番美しいと絶賛していた。

——私にもその血が受け継がれているの？

なにかに執着していても、見切りをつけるとすっぱりと断ち切れる冷徹さ。

弦月は冴月に固執していた。シスコンだけでは片付けられないほどに。

大人になってから振り返ると、祖父母と養父母が頑なにふたりを双子だと言い続けたのは、弦月が度を越えたシスコンだったからだろう。従兄妹だと知ればすぐにでも一線を越えてしまうと危惧したのかもしれない。

抱えている仕事をなんとかまとめて、途中で引き継いでもらう案件にはメモを貼っておく。確認事項があればいつでも電話をしてほしいと伝えていた。多分同僚たちはよほどのことがない限り連絡してこないだろうが。

「もう九時か。帰ろう」

デスクの上を片付けてコートを羽織る。

今夜のビジネスホテルは取ってあるが、明日は移動しなくてはならない。

――ホテルに戻ったら物件を探して、荷物をまとめて引っ越しの手続きを……はあ、めんどくさいなぁ……！

考えるだけで気が重い。来週はクリスマスだというのに、こんな時期に引っ越しをさせられるなんて。そもそも都合よく希望通りの物件が見つかるだろうか。

一階に下りたが、オフィスの表から出るのを躊躇う。知らない人に監視されていたら気持ち悪い。

マフラーを口元まで上げた。マスクもつけているので簡単には冴月だと気づかれないだろう。

――コートはどこにでも売ってる量産品だし、バッグも無難な黒いトートだから大丈夫なはずよね。

オフィスの裏の通りも人通りがある。

周囲に怪しい人がいないことを確かめながら駅まで急ごう。

決して油断なんてしていなかったのに、冴月は堂々と隣に停まったバンに引きずり込まれてしまったのだった。

第六章

——人目のある街中で堂々人さらいに遭うなんて、こんなことある!?

手足は拘束されていないが、恐怖心から声は出せそうにない。うるさいと言われて刃物でも突き立てられたら恐ろしすぎる。

コートを着込んでいるが、身体の震えが止まりそうになかった。

この国はいつの間にこんなに治安が悪くなったのだ。

確かに自分も油断していた。誰かしらの目があれば、下手な接触はしてこないだろうと。だからと言って、突然隣に停まった車に引きずり込まれるとは思いもしなかった。現場を目撃した人も、まさか誘拐だとは思うまい。

——そもそも他人を気にしながら歩いている人って少ないと思うし、私だって誰かが車に乗せられても事件性があるかどうかなんてわからないもの。

場合によっては待ち合わせだったのかと思うかもしれない。

そして現在、車という密室空間に見知らぬ男が三名。

「なにも訊いてこないなんて、肝が据わった女だな」

運転席に座る男に呟かれたが逆だ。

——恐ろしすぎて声が出せないだけなんだけど……。

顔も引きつっているはずだ。心臓はずっとうるさく鼓動している。

「……質問してもいいですか」

「答えるとは限らねえな」

冴月を引きずり込んだ男をよく見ると、その顔に見覚えがあった。

——この間の、ナンパ男……！

ホスト風のイケメンだ。あのときも車に乗せようとしてきたのを思い出す。

「ったく、あのときついて来てたらもっと穏便に済んだのに。手間かけさせやがって」

男の顔が不愉快そうに歪んだ。

——あのとき攫われていたら監禁されていたかもしれない……。

今から行くところもどんな場所かわからないが、これは紛れもなく犯罪行為である。

明らかに一般人とは思えない空気を放つ男たちを刺激しないように、冴月は口を閉ざした。窓にはフィルターが貼られているが、フロントガラスからは外が見える。

——渋谷じゃない、新宿？

外から賑やかな声が聞こえてくる。新宿の繁華街のほうだろうか。

──首都高に乗って山奥に連れて行かれなくてよかったかも……。

自力で帰れる距離ならまだ安心……いや、五体満足で帰れるとは限らない。なにも安心できる要素がなかった。

車が雑居ビルの前で停まる。目的地のようだ。

「出ろ」

短い命令に従う。手首をガッシリ掴まれていて逃げることはできない。

──怖いし痛い。なんでこんな目に……！

痛いと訴えたらさらにキツく握られそうだ。結果なにも言うことができない。

──ホストクラブに美容室、キャバクラ？　これ全部同じビルに入ってるの？

まさかキャバクラに売られるのだろうか。三十路に近い年齢で需要はあるのか……と、どうでもいいことを考えて恐怖から目を逸らす。

「ほんっと大人しいな。逃げるなら今だぜ？」

「逃がしてくれるんですか」

「嫌だよ、俺らがクツミさんに怒られるじゃん」

──クツミ？　誰？

そいつが親玉なのだろうか。冴月には聞き覚えのない名前だ。

──まさかヤクザの組長とか？　誰かは知らないけど、帰してください……！

足が震えてうまく歩けない。変に足を踏ん張れば、前と同じく足首を痛めるかもしれない。

大人しく従うしかないのが悔しいが、冴月は渋々男たちについて行く。

辿り着いたのはビルの地下にあるホストクラブだった。

これは闇サイトの関係か、百合香の宗教の勧誘か。どちらにせよろくでもない。

ホストクラブの入口を通り、さらに奥へ連れて行かれる。

入ってすぐの部屋にはシャンデリアがぶら下がっていて、見るからにキラキラした内装で女性に好まれそうだ。だが奥へ進むにつれて照明が暗くなっていく。

暗い通路を通り、カードキーが差し込まれる。小さな電子音がピピッと鳴り、扉が開錠された。

「入れ」

二の腕を掴まれながら中に連れ込まれる。

壁一面が大きな水槽になっており、七色に変化するＬＥＤライトが水槽をぐるりと囲んでいた。

水槽の前にはひとり用のソファがいくつか配置され、ゆったりと熱帯魚を眺めながらお酒が飲めるようになっている。

――ただのカフェバーって感じじゃないわよね……。

お酒を提供するスペースがあり、バーカウンターもある。だが店内の空気がねっとりと重くて、言いようのない緊張感がこみ上げてきた。

水槽の部屋を通り過ぎてさらに奥へ連れ込まれる。

――この臭いはなんだろう。たばことも少し違う甘ったるい香り……。

もしや水たばこというものだろうか。ソファ席で怪しげななにかを吸っている男女が視界に映る。

その男女の奥にあるものが目に留まった。

――あれって……ルーレット?

映画で見たことがあるが、実物は一度もない。なんだかカジノっぽいなと思ったところで背筋がひやりとした。

ルーレットを回し、トランプでカードゲームをしている。楽し気な男女のテーブルの上には札束が置かれていた。

これは違法賭博《とばく》ではないか。冴月の身体が強張りそうになる。

「あの……私になにをさせるつもりですか」

空いているソファに座らされた。乱暴ではないが丁重とは言いがたい。

座り心地のいい革張りのソファではあるが、悠長に座っていられず腰を浮かそうとする。が、両肩に背後から誰かの手がのせられた。

「ようこそ、今夜のプリンセス」

一瞬で鳥肌が立つ。

冴月の背後に立つ人物を見た瞬間、冴月を連れてきた男たちが立ち上がり頭を下げた。

この男がクツミだろうか。

「あの、私になんのご用でしょうか」

大人しくソファに座り直すと、冴月の肩から男の両手が離れた。おもむろに移動し、冴月の隣に腰を下ろす。

「そうやなぁ～ご用ってのは、うちの目玉の景品ってやつになってもらうことやな」

仕立てのいい三つ揃いのスーツに汚れひとつついていない革の靴。髪はオールバックにセットされ、丸いフレームの色付き眼鏡をかけている。レンズが薄いピンク色だ。

その独特な空気は普通のビジネスマンには到底見えない。

年齢は冴月より十歳ほど上だろうか。四十手前ぐらいに見える。スーツの袖口からは、高そうな腕時計がチラリと見えた。

――もしかして、いわゆるインテリヤクザとかそういう……？

この違法賭博のオーナーだろうか。それとも中間管理職的な責任者かもしれない。どちらにせよ法に触れている時点でまともな人間ではないだろう。

冴月は自分では景品になり得ないことを訴える。

「お、お言葉ですが……、私では目玉にはならないかと。生憎私はアラサーで、この季節は特に乾燥肌で肌荒れが酷くて、若くもなければ可愛げもないし美人でも巨乳でも美脚でもないどこにでもいる女ですよ。景品扱いは不相応すぎますので辞退申し上げます」

自分の価値くらいわかっている。本来なら、自分が景品になるわけがないのだ。

「ははは、確かにその通りやな」

男の視線が冴月の頭からつま先まで移動した。なんだか目つきが蛇のような男である。

「客観的事実をわかってはるのはアラサー女の強みでもあるか」

独特なイントネーションと関西風の方言で喋る男は久津見《くつみ》と名乗った。恐らく偽名だろう。喉奥でくつくつと笑う男にぴったりな名前を誰かが適当につけただけに思える。

——笑い声も声音も柔らかいくせに目の奥がまったく笑ってない。

こんな店を出して、ごろつきを従えているだけある。

冴月と久津見に視線を向ける男たちが鬱陶しい。

「景品になるならないは、客が決めることや。俺らとちゃう。まあ、プリンセスはあの獅堂煌哉が入れ込んでる女やし、めっちゃ価値高いと思うで」

「……はい？」

——なんでここで獅堂さんの名前が出てくるの？　資産家で地主だったら、一方的に知られている可能性もあるってこと？

そういえば、煌哉に恨みを持つ者に捕まった線は考えていなかった。

「獅堂煌哉から女寝取って孕ませるだけで五千万が手に入るんなら、景品としてそれなりに成り立つやろ」

「……ッ！」

ゾゾッと背筋が凍った。

――隙をついて逃げないと……！

都合よくヒーローが助けにくるのはドラマの中だけだ。冴月がここにいることは誰も知らない。

久津見の前に酒が入ったグラスが置かれた。ウイスキーのロックだろうか。

彼は味を確かめることなく懐から取り出した錠剤を一錠入れた。

久津見は笑顔で「これはなー、ラムネやねん」と言った。

マドラーでかき混ぜ、氷の音がからころ響く。

――なにもかもが胡散臭い。つかみどころのなさは狛居さんとよく似てるけど、全然違う……。

狛居が少々お金にがめついキツネなら、久津見は温度を感じさせない蛇だ。隙を見せた瞬間に丸飲みされそうな恐ろしさがある。

――なにか情報を引き出さないと……大人しく黙っていたって状況が変わるわけじゃな

い。

　これから聞くことは全部嘘で返されるかもしれないが、なんらかの情報が手に入る可能性もある。単純に無言が辛すぎるのもあるし、この男はきっとお喋りだ。

「……あの、質問いいですか」

「質問にもよるなぁ」

「久津見さんは関西のご出身なんですか」

「なに、俺に興味持ったん？　うれしいけどなぁ～、生憎俺の愛人枠はもういっぱいやねん。堪忍な」

「そんなことは聞いてません。ただの世間話です」

　――愛人いるんだ……嘘かもしれないけど。

「冷たいな～。まあ、出身は関西ちゃうよ。別んとこ。ただガキの頃からあっちこっち転々としてたせいで、いろんな言葉が混ざっててんねん。胡散臭いやろ？」

　にっこりと笑顔を見せられてもどう反応していいかわからない。笑顔に圧がある男だ。

「……何故獅堂さんの名前が出てくるんですか」

「何故って、自分あの男と一緒に住んでんやろ？　獅堂家にけちょんけちょんにされて恨んでる奴らなんてごまんとおるでぇ。まぁ、顔が良くて金もあって社会的地位も高い男なんて恨まれてなんぼやろ。逆恨みが大半かもしれんけどなぁ」

直接煌哉が関わっていることばかりではないのだろう。一般家庭で育った冴月が知らないだけで、古くからの名家にはこれまでいろいろなことがあったに違いない。

煌哉が有名人ということはよくわかったが、自分が彼の家にいたことを把握されているのは気分が悪い。一体いつから監視されていたのか。

——違う。私が闇サイトに載ったのが先だから、獅堂さんは巻き込まれただけかもしれない。

街中で見知らぬ男から声をかけられるようになったのは一週間ほど前のことだ。それまでは冴月の身辺を調査されていたのだろう。どこに勤めていてどの路線で出勤し、どのルートで帰宅するか……考えれば考えるほど気分が悪くなる。

冴月を孕ませたら五千万という発言からして、この事態は弦月の生まれ変わりを望む百合香が招いたことだと思って間違いないだろう。とはいえ、百合香もここまでの状況になっているとは思っていない気もする。もしかしたら、言葉巧みに操られて闇サイトの掲載に同意してしまった可能性もある。

——そもそも闇サイトの投稿にどれだけの効力があるの?

サイトを確認していないため詳しくはわからないが、法的な契約にはならないはずだ。投稿者がきちんと報酬の五千万を支払うとも限らない。

「ところで踊らされてるって可能性もあるのでは？　報酬を支払わずにうやむやにされた

ら働き損だと思いますよ」

「それはないなぁ。あのサイトにのせた時点で取り下げはなしや。投稿者が誰かもわかってるし、遊び半分で投稿できるもんやない。あのサイトの運営はうちの息がかかってて、支払い義務を怠って逃げようとしたらそれこそうちの若いもんが取り立てにいくで」

契約を反故《ほご》にした場合はペナルティが発生するらしい。相当な金額がかかりそうだ。

「でも、こんなイベントを開催しても久津見さんたちにはうまみがないのでは？　関わるだけ無駄でしょう？」

五千万からマージンを取るつもりなのだろうか。一割としても五百万……裏カジノでそれなりの金額を稼いでいるなら、五百万は微々たるものではないか。それにしては労力を使いすぎている気がする。

「まあ、ちょっとした暇つぶしにはなるやろ」

人の人生を暇つぶしと言い切った。

久津見には遊び程度にしか感じていないらしい。

腹の奥が煮えたぎるような気持ちになるが、冴月はできるだけ平常心を装い続ける。

「……ええ、本当に暇なんですね。私が妊娠するまで数か月はかかりますよ。時間がかかりすぎますしその期間はどうするんです。それに無事に子供が産まれてくるとも限りませんし」

「せやなぁ～五千万は男児を産めばっちゅうことらしいからな。うーん、まあそれは要相談ってことでええんちゃう？　そもそもプリンセス、実はええとこのお嬢だったりせえへん？　男児がほしいって跡取り息子ってことやろ。底辺しか集まんないような闇サイトに載せられるなんてとち狂ってるなぁとは思うで。よほどなりふり構ってられんか、恨まれてるかやな」

「……っ」

久津見が注意深く冴月を窺う。

冴月はだんまりを決め込んだ。

百合香は遺伝子が大事とは言っていたが、もし冴月が誰も選ばなければ種は誰でもいいと思いそうだ。そして冴月に恨みは十分あるだろう。

最愛の息子が冴月に執着しなければ、事故死することもなかったのだから。

――なんで……なんでこんなことになってるんだろう。私は真面目にコツコツ生きてきただけなのに。

じわりと目が潤みそうになる。

このまま抵抗もせず、ただぼんやりと久津見の遊びに従って流されてしまおうか。今のところ身分証明書を奪われて密輸船で海外に売られるようなことにはならないだろう。どう考えてもひとりでこの場から逃げきれる気がしない。

――でも逃げなかったら地獄じゃない！

子供なんてほしくない。

男児なら弦月の生まれ変わりだと信じている百合香を喜ばせてしまう。そんなのは絶対に嫌だ。

生まれ変わりなんてあるわけないと思いたいのに、たとえいつか好きな人の子供を妊娠しても、弦月の魂が宿っていたらどうしようと思ってしまいそうだ。

一度紡がれた呪いは簡単には解呪できない。百合香が放った言葉の毒が身体の奥まで浸透しそうだ。

望まない妊娠だけが恐ろしいのではない。身内の生まれ変わりかもしれないと思いながら育てるなんて、そんなの苦しすぎる。

「ああ、ほら見てみぃ。ようやく参加者が全員集まったで」

久津見が指をさした先には十数名の男たちがいた。年齢は二十代から六十代くらいだろうか。その全員が金目的に冴月の人生を弄ぼうと思っているのだろう。激しい嫌悪感で叫びたくなる。

――ほんとに気持ち悪い!!

「キモいなぁ。あいつら全員、プリンセスを孕ませに来たんやで？」

久津見は人の負の感情を好む悪辣な男だとよくわかった。冴月が怖がって怯える姿を望んでいる。そんな顔は意地でも見せたくない。

「そのプリンセスって呼び方、いい加減やめてください。気色悪いです」

「この状況で俺に睨みきかせるなんて肝の据わった女やな。さっきまで顔面蒼白で震えてたやないか。俺はどっちかっちゅーと、か弱い女の子が震える様を眺めるのが好きやねんけどなぁ。せや、もし女の武器でも使《つこ》おて泣き落としでもするんなら、中止を考えてみてもええで？」

——この男、ムカつく。

考えてみてもいいなんて都合がいい台詞だ。

実際に泣いても状況は一切変わらないどころか、久津見の興味が薄れるだけだろう。

身体の震えは止まっている。血圧が上がっているからだろうか。

恐怖で怯えているだけではダメだ。隙を突くためにも頭を上げていなくては。

「私の涙は高いのよ。一粒百万払わせるわ」

「ひゅ～言うねえ」

無駄にうまい口笛が余計イラつかせた。

そういえば子供の頃は泣き虫だった。感情の昂りが涙を引きずりだして、怒りと共に泣くことも珍しくはなかった。

けれど最後に泣いたのはいつだったか思い出せない。弦月以外の前で泣いた記憶もない。

弦月と喧嘩しても、最後は彼が折れて慰められていた。母親から甘やかされた記憶はほとんどないけれど、弦月がいつも冴月を甘やかしてくれたのだ。

けれど頼れる人も甘えられる人もいないのであれば、弱みを見せず隙を作らず凛と前を向くしかない。

――人前で泣くなんてあり得ない。絶対しない。女の武器の使い方もわからないままアラサーになったけど、それが悪いなんて思わない。

「なあ、せっかく美人に生まれたんやから色仕掛けでもしぃひん？　案外コロッと落ちるかもしれへんやん？　泣き顔にそそられたら一粒百万払ってもええで」

「ペラペラうるさいわね。お喋りな男は嫌われるわよ」

「獅堂煌哉はお喋りちゃうん？」

「あんたとは違うわよ」

煌哉は無口ではないけれど、無駄な話を延々としてくる男ではない。どちらかというと純粋に話すのが好きなのは狛居のほうだろう。

――部屋を出て行ったあとでよかった。巻き込むところだったもの。

こんな酔狂な遊びは一日、二日で企てたものではないはずだ。きっと、冴月のナンパが開始される前から呼びかけはあったのではないか。そしてその参加者の数名が、他を出し抜き、直接冴月に接触を図ったのだろう。冴月をここに連れてきたナンパ男もあわよくばと思ったのだろうか。

他にも見知った顔を見つけた。冴月の行きつけだったワインバーのマスターだ。婚姻届を出された夜が随分前に思えるが、それもつい一昨日のこと。もう二度とマスターとは会わないと思っていたが、こうして参加しているあたり彼も金に困っているらしい。

「ちなみにこの特別賭博への参加費用はひとり五十万や。二十人集まれば一千万。まあ小銭っちゃ小銭やけど、ないよりはええやろ」

せこさに呆れる。いや、ここで無料にしたらそれこそ人が殺到してしまうからか。

――五十万払ってでも参加したいと思う男がいるなんてどうかしている。

ギャンブル依存症なのかもしれない。どちらにせよ人の人生を狂わせるゲームに乗るなんて悪趣味にも程がある。

「人にはそれぞれ事情っちゅーもんがあるってことや。純粋に遊ぶ金がほしくて参加してる奴ばかりちゃうで。借金返済のために仕方なく参加させられた男もおったなぁ～きっと参加費用の五十万も借金で賄ったんちゃう？　とはいえ、運命の女神が誰に微笑むかはわからんけどな～」

勝手に冴月の人生をかけたルーレットが回されていく。

参加者をまずルーレットで勝負させてふるいにかけて落としていくらしい。そこでもチップが賭けられているのだからいくら費やすことになるのやら。

——勝てば私を好きにできて五千万も手に入るかもしれない……でも五千万の支払いは私が出産を終えてから？　一年後ってこと？　……そんなことどうでもいいか。

もうなにも見ていたくなくて、冴月は顔を背けたくなった。

「ああ、しまったなぁ。プリンセスは景品らしく着飾らせておけばよかったなぁ。すーっかり失念しとったわ。美人を手に入れられると思ったほうがやる気も出るし、掛け金も跳ね上がるやろうし？」

——うるさい、クズが。

誰が景品になんてなってやるものか。

人の人生をめちゃくちゃにしてお金を吸い取って行くハイエナだ。久津見のようなろくでなしが煌哉を知っているというのも気に食わない。

——獅堂さん……ごめん。

なにも言わずに出て来たのが悔やまれる。せめて置き手紙をするべきだったかもしれない。

自分から部屋を飛び出したのに、頭の中は後悔でいっぱいだ。逃げたことを悔やむなんてどうかしている。

——だって、これ以上頼るなんて都合が良すぎる。きっと彼に縋りたくなってしまう。

本音は両想いだと言われてうれしかった。でも素直に喜べなかった。彼が向けてくれる気持ちと同じものを冴月は返せないから。

冴月の中にはずっと弦月が居座り続けている。弦月を忘れることなんてできないし、誰か特別な人を作ることに罪悪感すらある。

百合香が吐いた呪いの言葉のように、冴月は自分だけが幸せになって暮らせるなんて思っていない。

――大事にとっておいたわけじゃないけれど、初めて結ばれたのが、いいなって思えた人だったんだから、それだけで十分じゃない。

一夜限りのことだとしても、これからはそれを思い出にして生きていける。

獣の耳について訊いてみたかったけれど、なにか冴月には想像もつかない事情があるのだろう。尻尾に触れることができなかったのは悔やまれる。

――モフモフした尻尾を撫でてみたかったなぁ。あれが幻覚じゃなければ。

煌哉に対して気持ち悪さや嫌悪感はない。不思議な現象を見ても、何故か全部受け入れられた。

そんな風に思える時点で、自分の心はとっくに彼に落ちているのだ。これ以上深入りをしたらダメだと自分でもブレーキをかけるほどに。

「ルーレットの玉ってええ音してるやろ？　人の人生が決まる運命の音や」

小さな玉がコッンと跳ねて、カラカラカラと軽やかな音を奏でる。それを運命の音と表現するなど底意地が悪い。

久津見の独り言を聞き流し、呼吸を整える。

まだどこかで全員が油断する瞬間があるかもしれない。

——そう、逃げる瞬間を逃さずに冷静でいないと。

絶対にどこかで隙が生まれるはずだ。

ゆっくりと呼吸を整えていると、突然、入口付近にいた男が吹っ飛ばされた。あまりの驚きに、落下する男の姿がスローモーションのように見える。

「……は？」

衝撃的な光景が目に入った。見たものが信じられない。

——人ってあんなに飛ぶんだ……？

男が豪快にテーブルに落ちた。ガラスが割れて盛大に物が壊される。

「きゃあ！」

「ちょっとなに⁉」

「なんだてめえ！」

「うわっ！」

呻き声とともに、なにか重いものが床に叩きつけられる音がした。

「なんや騒がしいなあ」

久津見が鬱陶しそうに呟いた。ものすごい音が聞こえてもまるで興味がないらしい。

——ま、まさか別の組のヤクザとか!?

あちこちで悲鳴が上がる。ガラスが割れて家具の倒れる音がする。下手に動いたら巻き込まれて怪我をしそうだ。

——また人が飛んできた！

屈強な男たちが次々と吹っ飛ばされていく。殴られたのではない、蹴り飛ばされたらしい。

心臓がバクバクとうるさい。現実味のない光景に目を丸くしていると、柱の影から両手をスーツのポケットに突っ込んだままの煌哉が現れた。

「……ッ！　獅堂さん!?」

衣服も髪の毛にも乱れがなく、これから高級ホテルのディナーコースでも食べに行くような優雅な足取りだが、纏うオーラが一般人のものではない。

他者を圧倒するオーラを放ち、視線ひとつで人を屈服させるなにかがあった。

「あ～あ、アカーン。プリンスが来てもうたやん。いや、プリンスちゃうな。ビーストか？　見張りが全員やられてるやん、みっともないなぁ」

先ほど飛んできたのは見張りをしていた男たちらしい。みっともないの一言で片付ける久津見にゾッとする。

――この男、やっぱりただの胡散臭いお喋り男じゃない……こんな暴力は日常茶飯事の世界の人なんだわ。

恐怖心がこみ上げてくるが、冴月はギュッと唇を閉じた。ここで久津見の機嫌を損ねてはいけない気がする。

「てっめえええー！　なにする……っ！」

冴月を連れてきたナンパ男が煌哉に殴りかかったが、煌哉は目に見えない速さで腹部を一蹴りした。男が軽々と吹っ飛ばされていく。

――手、使ってない……。

蹴りの威力が凄まじい。

呆然と眺めつつ、はっとする。冴月はすぐさま立ち上がろうとしたが、隣に座る久津見に阻まれた。

「ノンノン、プリンセス。大人しくここに座っとき。あんたは俺の隣に居らんとつまんないじゃん？」

「ちょっと、放してっ！」

久津見が冴月の肩を抱く。全身に寒気が走った。

入口から堂々と現れた煌哉と奥のソファ席に座る冴月の間にはまだ距離がある。

煌哉の目が冴月を捕らえると、無表情だった顔に甘い微笑が浮かんだ。

「冴月」

「……っ！」

彼の表情の変化を目の当たりにして、冴月の心臓がドキッと跳ねた。名前を呼ばれただけで耳が熱い。

「なんや、今の顔は。ほんまに獅堂煌哉か？　きっしょ！」

煌哉の視線が久津見に向けられる。今にも射殺《いころ》しそうな眼力だ。

――お、怒ってる……！

笑いながら怒っている。ものすごい殺意を久津見に向けている。

なにも言わずに出て行ってこんなことに巻き込まれているのだから、自分も怒られて当然だと思い出した。

「冴月」

ふたたび彼が自分を呼ぶ声が耳に届く。声を張り上げたわけではないのに、自然と耳が拾ってしまう。

「おい、ひとりだぞ！　掴まえろ！」

刃物を持った男が煌哉に襲い掛かる。冴月の口から悲鳴が漏れた。

「きゃあ！　逃げて……ッ！」

煌哉は刃物を振りかざした男の腕をサッと避けて手首をひねりあげると、鳩尾《みぞおち》に膝蹴りを入れた。男の手から落ちた刃物を拾い、ダーツのように壁に投げる。

――刺さった……！

壁って柔らかいんだっけ？　と錯覚しそうになる。いや、普通はプッシュピンを刺すのもそれなりの力がいるはずだ。

「調子に乗ってんじゃねえぞゴラァ！」

チンピラ風の男たちが三人がかりで煌哉に襲い掛かったが、男たちは次々と呻きながら崩れ落ちた。奇妙な音が響いたが、一体なんだったのだろう。

「あちゃ〜肩、脱臼させられてるやん〜」

――え、脱臼？　鮮やかすぎてわからなかった……。

映画の中の長いアクションシーンを見ているような感覚だ。

緊張と興奮が混ざり合う。床には呻き声を上げている男たちだけになった。

「死屍累々《ししるいるい》やな。情けないなあ、あいつらは」

優雅な足取りで煌哉が冴月の前に立つ。黒い革の手袋を嵌めていることに気づいた。

「獅堂さ……ん」

「迎えに来たぞ」

十数人のチンピラをひとりで片付けた後とは思えないほど、煌哉は甘く笑った。その薄茶色の目の奥は、焦げ付くような焔《ほのお》が揺らめいている。

どうしてこの場所がわかったのだろう。

なんでそんなに強いのだろう。

あれこれ疑問が湧くが、これ見よがしに久津見が冴月の肩をグイッと抱き寄せた。

「ビースト遣いなんてやめとき～プリンセス。どう見たってまともな奴ちゃうやろ」

「は、放して！」

一番まともではない男にそんなことを言われる筋合いはない。

久津見の腕から逃れようともがいた直後、頭にゴリッと硬いものが押し付けられた。

「大人しくしときって。なあ？」

「……ッ！」

脅しのように押し付けられたものはすぐに離れたが、久津見はそれをまっすぐ煌哉に向けていた。黒光りする小型の拳銃はモデルガンではなさそうだ。

——嘘、銃？　本物!?

刃物くらいは持っていてもおかしくないが、拳銃まで所持しているとは予想外だ。

口の中がカラカラに乾いて身体が硬直する。

一方、銃を向けられた煌哉は眉ひとつ動かさない。

「ほんまかわいくない男やな～。おもちゃやないで？　これ。眉も動かさんってなんやね

ん。肝が据わりすぎやろ」

「さっさと冴月から離れろ。その腕、肩からひっこ抜くぞ」

「っ！　だ、ダメです！　獅堂さんが傷害罪に問われます！」

怖すぎる発言が冗談に聞こえない。彼なら本気でやれそうだ。

——犯罪はダメ、絶対！

司法の仕事をしている身としても見過ごせない。だが人を蹴り飛ばしまくっていたところは見なかったことにしたい。

——そう、正当防衛。正当防衛だから！

煌哉が自分に向けられた銃身を握る。

「撃ちたきゃ撃てばいい」

「……っ」

久津見の顔に余裕が消えた直後、拳銃の銃口が天井を向いた。

パンッ！

耳をつんざく破裂音がし、鼓膜がビリビリ震えた。咄嗟に身体を倒して身を庇う。

「いっ……てぇ……」

久津見が手首を握りしめている。無理やり手首を変な方向に向けさせられて痛めたようだ。

「二度と冴月に関わるな、近寄るな。サイトも閉じろ」

煌哉は奪った拳銃を久津見の口にねじ込んだ。

両者睨みをきかせていたが、煌哉がトリガーに指をかけたのを見て、久津見は渋々頷いた。

煌哉はあっさりと銃をどこかへ投げ飛ばし、冴月の腕を引っ張り上げる。

「待たせたな」

衝撃的な光景を見すぎて頭の処理が追い付かない。だが今は腰が抜けていることが問題だ。

「獅堂さん……私」

「ああ、すぐにここから出るぞ。もうすぐ警察がやってくる」

「ええ！」

腰が抜けていると申告をするよりも先に、煌哉は冴月を抱き上げた。

嗅ぎ慣れた匂いと逞しい腕に安堵する。……いや、まだ安心はできない。

――あちこちで人が転がってる……！

「ちゃんと手加減した。死んでない」

そうは言っても、一体何人蹴り飛ばしたのだろう。堂々と現れたときはヒーローのように思えたが、ダークヒーローと呼んだほうがぴったりな気がする。

「あの、どうやってここに」

「質問は後だ。掴まってろ」

煌哉の目が金色に光っている。綺麗な満月のような目だ。

首元に腕を回しギュッと抱き着く。

「こっちですよ！」と、小声で誘導する狛居の声も聞こえてきた。

ホストクラブの裏口から外に出る。違法行為をする奴らは、外に通じる出口が二か所以上ある物件を選んでいるらしい。

「行きますよ」

乗り込むと同時に狛居が車を発車させた。

店の表にはちょうどパトカーが到着したようだ。あと少しでも出るのが遅ければ警察と鉢合わせしていただろう。

「煌哉様、拳銃を使うなんてなに考えてるんですか！　もう、発砲をもみ消すのは大変なんですよ！」

「俺が撃ったわけじゃない」

「どうせ煽《あお》ったのはあなたでしょう？　手袋をしていればなにをしても構わないわけじゃないんですからね」

はたと気づく。煌哉が手袋をしているのは珍しいと思ったが、それは単純に自分の痕跡を残さないためだったのか。

「あの場には監視カメラもなければ証拠も残ってない。違法賭博なんてやってた奴らのほうが、言い逃れができんだろ」

「まったく、やんちゃが過ぎます」

狛居が溜息を吐いた。

――ちょっと慣れすぎでは……獅堂さんって一体何者なの。

人が吹っ飛んだ光景が頭から消えてくれない。超人すぎるほどの脚力だった。以前、頭に獣の耳が生えていたことといい、彼には謎が多い。

「ところで織宮さん、その体勢しんどくないですか？」

「え？　……わぁっ！　すみません」

ようやく自分が煌哉に抱き着いたままだということに気づいた。

冴月は慌てて彼から離れようとする。

「チッ、余計なことを言うな」

煌哉が舌打ちをした直後、何故か彼の膝にのせられた。

――なんで？

鮮やかな動作だった。腰にガッシリ回った腕は離れそうにない。

「あの、獅堂さん……？」

助けに来てくれた手前従わないわけにはいかない。

男性の下の名前を呼ぶのは抵抗があるが、
苗字呼びは不満らしい。

「呼び方」

「煌哉……さん」

「さんはいらないと言っただろう」

至近距離で見つめてくる煌哉が甘く笑った。

「……ッ」

その表情の変化が冴月の心臓をうるさくする。

「……どこも怪我はしてないな？　大丈夫か」

頬に触れてくる手つきが優しい。背中をさすられると徐々に緊張感が解れてきた。

「はい、どこも。大丈夫かと」

「そうか。まあ後でじっくり点検しよう」

――点検とは？

余計なことには突っ込まないほうがよさそうだ。

「それより誰か追いかけてきてはいませんか？」

「今のところ大丈夫そうですね。いや～それにしても、久しぶりにドキドキしましたね！

ご無事でなによりですよ、織宮さん」

「狛居さん……助けに来てくださってありがとうございました。す、すごく怖かったです……」

今になって心臓がバクバクしている。顔見知りのふたりが傍にいてホッとすると涙が出てきそうだ。

緩みそうになる涙腺をなんとか堪えて、疑問を口にする。

「でも、どうしてあそこがわかったんですか？」

「冴月にちょっかいを出した店のマスターがいただろう。あいつに尾行をつけてた」

「え？」

「それと冴月の職場にも監視の目を置いておいた。拉致される可能性がゼロじゃないからな」

まったく気づかなかった。

自分は知らない間にプロに護衛されていたらしい。

「全然知りませんでした……じゃあ私が泊まっているホテルも？」

「ああ、とっくに特定済みだな」

ホテルのカードキーをよこせと言われる。鞄はなにがなんでも離すまいと抱きしめていてよかった。コートは残念ながら置いてきてしまったが、貴重品は無事だ。

財布に入れていたカードキーを渡すと、煌哉がそれを狛居に渡した。

「それで明日チェックアウト頼む」

「ええ、かしこまりました」

——え？　他人がチェックアウトなんてできるの？

狛居ならならどうとでもしてくれそうな気はするが。

「って、ちょっと待って！　私の荷物がまだホテルにあるんで、そっちに向かってもらえたら」

「ダメだ。奴らが待ち伏せしているぞ。他の宿泊客を巻き込む気か？」

「う……それは困りますね」

しかし今の状況もわりと困る。煌哉の膝にのっけられたままだ。

「あの、そろそろ下ろしてもらっても」

「却下」

背中を抱きしめられる。

煌哉が詰めていた息を吐いた。

「あんな蛇みたいな野郎にベタベタとくっつかれて怖かっただろ」

これには冴月も頷いた。得体が知れない男というのは恐ろしい。

「なにもされてないな？　昏《ここ》も無事か」

煌哉が冴月の唇を指先でなぞる。手袋はとっくに外したようだ。

そんな他愛のない触れあいが冴月の胸をくすぐった。冷え切っていた体温が上がってくる。

「はい、無事です」

「そうか、よかった。それにしても君が攫われたって連絡が入ったときは心臓が止まるかと思ったぞ。俺の前から姿を消したときも含めて二度も焦った」

「すみません……本当に助けてくださってありがとうございました」

あのまま煌哉が来なければ、冴月は本当に景品として知らない男の手に渡っていたかもしれない。望まない妊娠をさせられたかと思うと、改めて恐ろしくてたまらなくなる。

「それで今さらですが、警察に事情を説明しなくてよかったんでしょうか。私は一応当事者ですが」

「警察にはうちの一族もいる。多少融通が利くから安心していい」

後日事情聴取に呼ばれるかもしれないが、獅堂の関係者が対応するのであれば少しは気が楽になる。

今後は煌哉に甘えるのは止そうと思っていたのに、もうしばらく頼らずにはいられなくなりそうだ。

「着きましたよ。織宮さん、ゆっくりお休みくださいね。めんどくさいことはぜーんぶこの男に投げちゃっていいので」

「おい、言い方」

「だから頼っちゃダメとか思って逃げるのはもう止めてくださいね～。こんな図体ですけど、煌哉様も傷つくんですよ」

煌哉のマンション前にふたりを下ろすと、狛居はあっさり去って行った。

逃がさないように手をがっしり握られて、冴月は煌哉の部屋に招かれる。

――そうだよね、いきなり消えるっていうのは申し訳なかったな。

「あの、本当にごめんなさい。目の前からなにも言わずに勝手に消えて……あなたがどう感じるかとか想像が足りてなかったです」

「反省は後だ」

「……きゃあ！」

玄関に入った直後、縦抱きされた。手早く靴を脱がされ、リビングのソファに運ばれる。

「あの、ちょっと！　獅ど……、煌哉？」

足を怪我しているわけでもないのに過保護すぎないか。

「喉は渇いてないか。腹は？　飯も食べてないんじゃないか」

空腹感はとっくに消えてしまった。それより喉が渇いている。

「お水かお茶があれば十分。私、自分で用意します」

「いいや、座ってろ。ひとりで座ってるのが嫌なら俺にくっついてるか？」

――どうやって。

煌哉に抱き着いたまま移動するということか。なんとも非効率である。

「では、座ってます」

「ああ、待ってろ。それと、いい加減その口調は硬すぎる。丁寧語は禁止だ」

煌哉がキッチンに向かう。口調をカジュアルにしろと言われても、慣れるまでは時間がかかりそうだ。

ほどなくして水とお茶が運ばれた。いつも飲んでいるルイボスティーの香りがほっとさせる。

「ありがとうござい ま……ありがとう、煌哉」

――慣れない。

名前呼びも、話し方も。

だがこれが正解だったらしい。煌哉が機嫌よく冴月に触れる。

「あとはこっちだ」

腰を抱き寄せられて、ふたたび煌哉の膝の上にのせられた。向かい合わせではなく横向きとはいえ、彼をクッション替わりに使うのはいかがなものか。

「えっと、足が痺れると思うんだけど……」

「このくらいじゃ痺れん。で、さっきの話だが。俺はすごく傷ついたぞ。気持ちが通じた翌朝に恋人に逃げられた男の情けなさがわかるか？」

「う……」

彼の嘆きが伝わってくる。残酷なことをした自覚が徐々に芽生えてきた。

「ごめんなさい。あの、言い訳をさせてもらうと、決してあなたが嫌だったから逃げたわけじゃなくて」

「ああ」

「むしろその、すごく幸せだったから手放さなきゃって」

「は？　意味がわからん。ちゃんと事情を説明しろ」

煌哉と同じ気持ちを返せない罪悪感と、この騒動の発端について話さなくてはいけない。誰にも話したことがない自分の事情を誰かに話すのは勇気がいるけれど、もう彼は無関係ではないのだ。

喉を潤わせてから、順を追って説明する。

「私には双子の兄がいたんです。ずっと双子だと思っていたけれど本当は従兄で、私は叔父夫婦の養子に入ったことになっていて。実の両親は私が赤ちゃんの頃、ふたりとも飛行機事故で亡くなったみたい」

誕生日が一日違いの出来のいい兄は冴月の自慢で、両親も祖父母も、そして学校中が弦月に一目置いていた。国内でも有名なヴァイオリンのコンクールに入賞できるだけの実力もあり、多くの人から将来を期待されていた。

だが弦月がヴァイオリンを弾くのは冴月のためだった。冴月が彼の音色が好きだと言ったから。

自分のためではなく冴月のためだけにヴァイオリンを弾き、冴月が行かないのなら音大へ進学もしない。彼の行動原理はいつも冴月で、それをたびたび諫めることもあった。

単なる過保護で重度なシスコンだと思っていたが、実際は違った。弦月は冴月をひとりの少女として好いていたのを知り、冴月は咄嗟に弦月を拒んだ。

「……自慢の兄で、冗談も喧嘩もできる大事な家族だと思っていたけれど、弦月は私を家族じゃなくて異性として見ていたの。それを知ったのが十六歳の誕生日。弦月にキスをされて驚いて、冷静になりたくて家から飛び出した。まさか私を追いかけて来た弦月が事故に巻き込まれて死んじゃうなんて思いもしなくて、今でも悪い夢だと思いたい」

それから家にいられなくなり、祖父母の家に預けられたこと。養父母とは疎遠になっていることと、冬の季節は睡眠薬に頼らないとまともに寝られないことを告げる。

そして数年ぶりに会った百合香が新興宗教に入っていたことを話した。

「今回の騒動は母が宗教に入信したことが原因だと思う。父と離婚した後、精神のバランスを崩しているみたいで、三か月前から輪廻転生がどうのっていう宗教にのめり込んでいるらしくて。私が産んだ子供が弦月の生まれ変わりになると唆されてこのような事態に」

「はあ？　なんだそれは」

真っ当なツッコミが心を軽くする。冴月は思わず笑った。

「ほんと、あり得ないでしょ」

どんなに願っても死者は蘇らない。還ってこない。

生まれ変わりがあったとしても、生まれてくる子供は前世とは別人だ。誰かの面影を重ねて育てることは健全ではない。

煌哉の胸にもたれかかる。彼の匂いは安心感があって好きだ。

「それで、冴月は弦月を好きだったのか」

「それはもちろん。家族だもの」

「そうじゃない。男として好きかどうかだ」

それははっきりと違うと思っている。

もしかしたら時間をかけて弦月への気持ちが恋に変化した可能性も捨てきれないが、そうなる前に彼はこの世を去ってしまった。

「兄として好きだったわ。でもそれ以上の気持ちはなかった。多分、異性として好きだったらキスをされて拒絶なんてしなかったと思う」

ファーストキスは甘酸っぱいなんて生易しいものではない。切なくて苦しくて、懺悔の味だ。

「でも、あのとき弦月を拒まなかったら彼が死ぬことはなかった。この後悔は一生消えてくれない」

最愛の息子を亡くした原因が冴月にある。百合香が冴月を責めるのも無理はないのだ。

「君が我慢して弦月を受け入れて、それで弦月は喜ぶアホなのか」

「え？」

「我慢しているかどうかなんてバレバレなんじゃないか？　ずっと傍で育ってきたならなおさら丸わかりだろう。それで弦月は頭を冷やしに家から出て行ったかもしれない。その後を君が追いかけたかもしれない」

もしも弦月の気持ちを無理して受け入れたら。きっと弦月は冴月の部屋から出て行っていた。確かに、そのまま外に出かけた可能性もゼロではない。

「きっかけはなににせよ、冴月を追いかけたのは弦月の意思で、彼を轢いたのは運転手で、それぞれの選択と行動の結果だ。君のせいではない。こんなことを言ってもなんの慰めにもならんだろうが」

もしもなんて話はいくらでもできる。あのときに戻れるならやり直したいって、何百回後悔しても現実は巻き戻しがきかない。

けれど、煌哉に自分のせいではないと言われ、少しだけ胸の奥に溜まっていた澱《おり》が薄れていく。

思えば、これまで冴月のせいではない、とはっきり言ってくれた人はいなかった。

「うん……うん。聞いてくれてありがとう」

――そうだ、今まで誰にも話せなかったんだった。

友人にも家族にも。冴月の気持ちを吐露することができなかった。それが一番苦しくて辛かった。

知り合ったばかりだというのに、煌哉にはなんでも話せてしまう。そういえば、初対面で出会ったときから話しやすい人だった。

弦月が死ぬまでは冴月も社交的で明るい性格だったが、大人になってからはすっかり本来の自分を隠すようになっていた。

本心は明かさず、親しい人を作らず、人と壁を作ってソロ活に勤しむ。それも気楽で楽しかったけれど、心の奥では寂しかった。

――多分、この人は出会ったときから特別なんだと思う。

顔と声がタイプだとか、そういうことだけではない。なにか言葉にはできないフィーリングのようなものがしっくり合うのだろう。

「つまり冴月の一番の男は俺ってことでいいな」

「え？　着地点おかしくない？」

今そんな話をしていただろうか。

「君がここから出て行ったのは幸せになることへの罪悪感があったからって言ったな。じゃあ俺とのセックスが嫌いになったわけじゃないんだな？」

「え……と」

経験が一度きりなのだから、なんとも答えにくい。好きか嫌いかを判断するほどの余裕もなかった。

――気持ちよかったとか言えない……！

じっと見つめられることに耐えきれなくて、冴月は逃げることにした。

「わからない、です」

処女だったのだ。セックスについて語れるほど経験はない。

「へえ？　そうか、わからないか。なら今度はゆっくり気持ちよくさせてから嫌いかどうか確認するか。数をこなせばなにが好きでどうしてほしいかもわかるだろう。じっくり聞かせてもらうぞ」

煌哉は冴月が着ているセーターの襟元をグイッと引っ張った。

「キャッ！」

首元に歯を立てられる。歯型が薄っすらつく程度に噛まれて、冴月の腰がビクンと跳ねた。

激した。


「もう！　なんで噛むの？」

「マーキング。俺以外の雄の臭いがつかないように」

そう言いながら噛んだ場所にキスマークをつけてくる。チリッとした甘い痛みが肌を刺激した。

彼は時折よくわからないことを言う。これも独占欲というやつなのだろうか。

冴月は思わず自分のセーターの袖をクン、と嗅いだ。

「たばことか香水とか、いろんな異臭が混ざってて臭いと思う。私シャワーに入ってもいい？　なんかあの部屋の空気が染み付いてると思うと気持ち悪くて」

つい一時間ほど前まで犯罪が行われている現場にいたのだ。

——まだ解決してないけれど、警察が来たのだからサイトは閉鎖されるよね？

個人情報はすぐにでも消してほしい。五千万円の件は無効になるだろうか。

考えなくてはいけないことが山ほどあるが、不安はひとつずつ解消していくしかない。

無意識に煌哉にすり寄ると、機嫌がよさそうな声が降ってくる。

「風呂なら一緒に入るか」

「絶対嫌！」

すぐさまの拒絶に煌哉の機嫌が急降下した。

「絶対？　そんなに拒否られたのは初めてだ」

「だ、だって、一緒になんて無理！　電気がついた丸見えの場所でお風呂に入るなんて」

大浴場や銭湯なども滅多に利用しない。人に裸を晒すことに慣れていないのだ。

――自分の身体に自信があればいいけど、無理無理！

「冴月、ちゃんと確認してなかったから改めて訊くが。俺のことはどう思ってるんだ」

「え？　急になに？」

「好きか嫌いか。二択だ。答えろ」

笑顔が怖い。嘘は許さないと無言で圧を与えてくる。

――でも確かに、ちゃんと気持ちを伝えていなかったかも……？

言葉で伝えられるときに言ったほうがいい。後から悔いるなんてもうこりごりだ。

冴月は煌哉の膝に向かい合わせで座り直す。

彼の頬に手を添えて、その唇に触れるだけのキスをした。

「多分、すごく好き……だと思う」

「多分？」

曖昧な表現にイラッとしたらしい。腰に回った腕の力が強くなった。反対の手で冴月の尻を撫でまわすのはどういう心境なのだろう。

「あの、私、恋愛に不慣れというか、人を好きになったことがほとんどなくてですね……私も戸惑っているので……あなたの香りに安心するし、声が聞けて触れあえる距離にいて見つめられるだけで満足で、これ以上望んじゃいけないんじゃないかって思っちゃうの。大好きって認めたらきっと私もう、離れられない——」

「だから、何故離れるっていう選択肢が出てくるんだ？　二度と俺から離れなければいいだろうが」

「ンッ！」

冴月が先ほどした触れるだけのキスとは違う。煌哉のキスは最初から激しい愛情をぶつけてくるほど荒々しい。

だがその強引で貪るようなキスに身体から余計な力が抜けてしまう。恋に消極的な冴月にはこのくらい直球で気持ちをぶつけてくれたほうが安心する。

深い繫がりを求められて思考も身体もグズグズになってしまう。

セーターの裾から煌哉の手が入り込み、背中を撫でられブラジャーのホックが外されたことにも気づかない。

——……あれ？　なんか急に締め付けが。

「ちょ、あの!?」

「なんだ、俺から離れないって誓うか？」

煌哉の手が素肌を撫でる。背筋から腰の窪みをさすられるだけで、身体が跳ねてしまいそう。

煌哉の手で触れられるだけで肌が粟立ちそうだ。

「は、離れない……離れたくない……」

「ああ、それでいい。ずっと俺の傍にいればいい」

額にキスを落とされた。そんな触れあいにすら冴月の心がキュンと反応する。

――好きだと自覚したらもう後戻りはできない。

感情がとことん煌哉に傾いてしまう。自分が自分ではいられない感覚に陥っていく。

理性を失うことが恐ろしい。

養父母も弦月も、なにかひとつに囚われて執着する人たちだった。いつか自分もそうなってしまうと思うと、簡単には人を好きになってはいけない気がしていたのだ。

「……煌哉は、私に執着される覚悟はある？　束縛して独占欲でいっぱいになるかもしれないし愛が重くて逃げたくなるかも」

好きという感情がどう暴走するかわからない。誰かを愛しすぎたら、相手は息苦しいと思うかもしれない。

冴月の目が不安気に揺れる。

愛を誓った相手に嫌われたら生きる気力を失ってしまうかもしれない。

「望むところだ。俺にだけ執着するならな」

「煌哉にだけよ。他の人もなんて器用なことはできない」

「それならいい。俺を束縛して独占したいって思えるほど執着してみせろよ。生憎、俺のほうがもっと厄介だぞ。愛の重さなら負ける気がしねえな」

冴月と同じかそれ以上に煌哉も重い感情を抱いている。それがストン、と冴月の心を軽くした。

——この人はきっと心のキャパが広いんだろうな。

だから冴月がほしい言葉をくれるのだろう。なにか不安に思ってもすぐに解消してくれる。

彼の包容力に甘えたい。優しさに包まれたい。

うれしくてぎゅうぎゅうに抱き着いていると、ふいに身体が持ち上げられた。

「え？　なに？」

「風呂、入るんだろう」

浴室に向かっているらしい。そういえば先ほど一緒に入るとか言っていなかったか。

「まさか一緒に入るんじゃ……」

「ここで入らねえとは言わねえよな？」

気持ちが通じ合った直後に嫌だとは言いにくい。

だが、あえて言おう。

「やっぱり心の準備ができてないので無理です！」

「湯が溜まるまでに準備すれば問題ない」

脱衣所に下ろされるが逃亡は阻止された。大人がゆったりと入れるほどの広い浴槽なら狭さを理由に拒絶もできない。

「じゃあ、煌哉が目隠ししてくれたら」

「は？　逆に興奮するだろう」

——なんで！

明るいところで見られたくないと思っているのに、男性は視覚を奪われたら興奮するのだろうか。スマホが手元になくて検索することもできない。

あたふたしているうちに煌哉が豪快に脱ぎ始める。ネクタイを引き抜く仕草がセクシーで釘付けになりそうだ。

——目のやり場が……！

いろいろと見慣れていない。彼の肌は覚えているが、はっきり眼に焼き付けたわけではないのだ。

両手で胸元を押さえていると、スラックス一枚になった煌哉が冴月のセーターを脱がし始めた。

「ひゃっ」

頭からすっぽり抜き取られる。下に着ていた肌着も脱がされれば、上半身に纏うのはかろうじて胸に引っかかったブラジャーのみ。

——こんなこと想定してなかったから色気もなんもないのをつけてた！

アウターに響かないシームレスの上下。長時間身に着けていても痛くならない黒のワイヤレスブラは機能性重視で華やかさには欠ける。

「プレゼントのラッピングを剝がしている気分に似てるな」

「中身がこれじゃ剝がし甲斐がないと思う」

それはつまり綺麗に着飾った自分を見てもらいたかったってことなのでは？　そんな自分の気持ちに気づくと、顔に熱が集まりそうだ。

「なにを言う。いつでも脱がし甲斐がある。ああ、そうだな。毎晩一緒に風呂に入れば恥ずかしい気持ちもなくなるだろう。数をこなして慣れろ」

荒療治すぎる。冴月は首を左右にブンブン振った。

浴槽に湯が溜まる。なんとか煌哉を先に行かせるが、先ほどから心臓がうるさい。

——逃げちゃダメだとわかってるけど、この羞恥心はどうしたら……！

スカートのホックを外し、ファスナーを下ろす。下に穿いていたタイツも脱ぐと、残りはショーツ一枚だ。

——あれ、そういえば着替えは？　私の荷物はもうここにはないはず。

バスローブが用意されているが、それだけでは風邪をひく。まさかずっと裸でいさせるつもりでは……と考えていると、痺れを切らした煌哉が浴室の扉を開けた。

「遅い！」

「きゃっ！」

背後から伸びた腕に捕まった。腰に回った腕が冴月を浴室内に引っ張り込んだ。

「なにをグダグダ考え込んでるんだ。邪魔なものははぎ取るぞ」

「え、ちょっと待って！」

煌哉の手が容赦なく冴月のショーツを下ろす。最後の砦の一枚が足元に落とされた。

――恥ずか死ぬ！

風呂場の椅子に座らせられて、シャワーがかけられる。ぬるめの湯が心地いい。

「頭から洗うぞ。怖ければ目を瞑ってろ」

「え？　煌哉が洗ってくれるの？」

「ああ、初めてだからうまくはないと思うが。冴月の髪にあの場の臭いが染み付いてるのが許せん」

嗅覚が鋭いと言っていた。冴月以上に気になっていたのだろう。

――なんかいろんな香りが混じってたものね……。

髪に付着した臭いを取るように煌哉が触れてくる。意外にも洗い方は丁寧だ。泡が目に入ることもない。

「えっと、ありがとう……残りは自分で」

「遠慮は無用だ」

煌哉の手にはボディーソープを泡立てたスポンジが握られていた。いつの間に準備をしていたのだろう。

「遠慮ではなくて、辞退したいなと……ほら、クレンジングとかもあるので」

「それなら顔以外は洗えるな」

——そうじゃなくって！

清涼感のある石鹸の香りが冴月の肌を優しく滑る。

「……怪我はないようだが、他にあの男になにかされてはいないだろうな」

首から肩、背中にかけて丁寧に洗われていく。怪我の心配などすっかり忘れていたけれど、煌哉は気にしていたらしい。

「あの人と知り合いなの？　特になにかされたわけじゃないけれど、あの人、すごい怖いというか……得体が知れないというか」

関わってはダメな人種だと本能的に悟った。蛇のような粘着さを感じる。

「直接的な知り合いじゃねえが、噂だけなら聞いたことがある。あの闇カジノが久津見の管轄だとしても、今頃はトカゲの尻尾切りで姿を消してるだろう」

「ン……っ」

背中から回った泡塗《まみ》れの手が豊かな胸から腹部へ滑る。

「あの、さっきのスポンジは？」

「邪魔になった」

背中越しに煌哉の体温が伝わってくる。ガラスが曇っていてくれてよかった。曇り止めが施されていたら、羞恥で上《のぼ》せてしまいそうだ。

「前は自分で、大丈夫だから」

「遠慮するな」

遠慮ではないのに、煌哉の声が甘すぎて強く拒絶ができない。

肌のいたるところが赤く染まっているだろう。秘められた場所に触れられてこないのが逆にもどかしくなる。

シャワーで泡を流される。なんだかもう息も絶え絶えだ。

「では、私はこれで……」

「なにを言ってんだ。ゆっくり浸からんと疲れが残るぞ」

——逃げられない！

冴月は渋々お湯の中に身体を沈めた。

じんわりした温かさが身体全体に広がっていく。少し冷めた湯の温度がちょうどいい。

だが恋人になったばかりの男をじっと見つめるのは気が引ける。煌哉が身を清めるのを横目で窺いつつ、両脚を抱えて丸くなった。

「なんでそんなに縮こまってんだ」

シャワー音がやんだ。

前髪を下ろした煌哉は見慣れない。水滴を滴らせる姿がセクシーすぎて、心臓がギュッと掴まれた。

「私のことはお気になさらず」

「お気になさるんだよ、こっちは。ほら、こっち来い」

「ひゃあっ」

ざぶん、と湯が跳ねた。腕を引っ張られて、背後から煌哉に抱えられる。

──ひぃぃ……こんなの慣れない！

湯船の中で肌が密着している。色付きの入浴剤を入れていたらよかったが、今はどちらの肌も丸見えだ。

身じろぎひとつできそうにない。

「そんなに緊張されると喰い甲斐があるな」

「急なケダモノ発言やめてください！」

振り返ったと同時に髪の毛をひと房手に取られた。

煌哉がしっとりと濡れた髪に鼻を埋めている。

「ん、臭いは取れたな。他はどうだ」

首元の髪を掴み、首筋をクンと嗅がれた。

——な、なんの時間なのこれ……。

頭や首を嗅がれている。耳の裏にも鼻が当たりくすぐったい。

そのまま煌哉が冴月の耳をぺろりと舐めた。突然の愛撫に身体が小さく反応する。

「なんだ、耳が弱いのか」

「し、知らない……！」

クチュリ、と耳元で水音がする。煌哉の舌先が耳朶《みみたぶ》を犯し、耳が性感帯なのだと初めて知った。

「ンァ……ちょっと待って……」

何度も耳に口づけられながら胸を触られる。柔らかな双丘が彼の手で形を変えられ、胸の頂を指先でカリカリと引っかかれると、次第にそこはぷっくりと存在を主張した。

「あ……煌哉……」

クニクニと指先で硬い蕾を転がされる。お腹の奥がズクンと疼きだした。

せっかく身体を清めたのに、とろりとした分泌液が零れてしまいそう。

腰のあたりに硬いなにかが押し付けられている。それが彼の雄だと気づいた。

「ああ、クソ。匂いが濃くなってきた」

煌哉の独白はいつも独特だ。冴月にはなんの匂いのことなのかわからないが、自分の体臭が彼を興奮させているのだろうか。

臍の上をゆっくりと撫でられる。そのいやらしい手つきだけで身体が敏感に反応しそうだ。

「……ッ、出るぞ」

煌哉に身体を抱き上げられた。

横抱きにしたまま器用に浴室の扉を開き、床に下ろされる。

「私、着替えがないんだけど」

「心配しなくていい。明日には用意する」

だぼだぼのバスローブを着せられる。煌哉のサイズは冴月には大きすぎて、胸元がすぐにはだけてしまう。身長差があるため、彼のサイズは床につくほど長いのだ。

軽くバスローブを羽織っただけで脱衣所から連れ出されそうになるが、冴月は煌哉の袖を引っ張った。

「髪の毛と、スキンケアも」

「……アメニティ、好きなの選べ」

前回使っていたのとは違うアメニティを選んだ。

化粧水と乳液だけの保湿を終えると、ヘアドライヤーを手にした煌哉にリビングへ連れて行かれる。

「ここで乾かしてやる」

「あなたが？　ありがとう」

なんとも甲斐甲斐しい。ソファの前に座って髪の毛を乾かされているとなんだかトリミングされる犬の気分になってきた。

――ちょっと気持ちいいかも……。このまま寝られそう。

煌哉と離れた夜は彼のシャツを嗅いで眠気を誘っていたなんて、本人には伝えにくい。そういえばホテルには彼のシャツも置いたままだった。

――あ、そうだ。チェックアウトのときの荷物ってまとめてたっけ。

いつでも移動できるようにはしていたが、細かいものは置いたままだったかもしれない。特に洗面台が怪しい。

そんなことをうつらうつらしながら考えていると、あっという間に髪が乾かされた。

「ありがとう。じゃあ交代ね」

煌哉をソファの前に座らせて、冴月がソファに座り直す。有名家電メーカーの新型モデルのドライヤーは風量も文句なしで髪の毛も艶もアップする優れものだ。

思った通り煌哉の髪の毛はさらさらで指通りもいい。プライベートのときしか前髪を下ろしていないのなら、この貴重な姿は恋人の特権でもある。

カチッとスイッチをオフにしたと同時に、冴月の手が煌哉に握られた。

「終わったな。終わりだな？」

「え、うん……？」

手からドライヤーを放された。なにやら彼から放たれる圧がすごい。

「ならもう待てはなしだぞ」

煌哉の手が火照ったように熱い。手首を握られたら彼の髪の毛を梳かせないのだが。

——私は待てを強要していたのだろうか。

思えば湯船に浸かっているときから彼の雄はギンギンに直立していた。その状態がずっと続いていたのだと思うと、この時間は残酷だったのかもしれない。

「ごめんなさい、男性の生理現象がどれほど辛いかなんてわからなくて。あの、どうしたらいい？　とりあえず手でお手伝いする？」

そんなことはしたこともないが。彼の指導があれば難しくはないだろう。

だが思っていた以上に煌哉の余裕はなくなっていた。冴月の手を取り、彼女の華奢な手のひらをべろりと舐め始める。

「それよりも早く冴月の中に入らせろ」

「……ッ！」

ソファに押し倒される。その視線の強さに囚われそうだ。

「あ……っ」

バスローブが解かれた。下着を身に着けていないため肌がすべて露わになる。

「ここも、ここからも……全部香りが濃すぎてたまらねえ」

冴月の片脚がグイッと開かされる。臍に口づけを落とされた直後、潤んだ秘所に直接口づけられた。

「ンゥ……っ」

煌哉の舌が愛液を舐めとる。奥から零れる蜜を貪欲に求めるように強く啜られると、冴月の腰がビクンと跳ねた。

「あぁ……」

「はぁ……甘い」

そんなところで声を出さないでほしい。煌哉の吐息が直接敏感な箇所に吹きかかり、さらに身体が反応してしまう。

淫靡な水音が室内に響く。下肢から零れる蜜が止まらない。

「こう、や……」

人を惹きつけてやまない男が丹念に奉仕している。そんな背徳的な姿に目が離せなくなる。

ふと彼が顔を上げた。その目は平常時の薄茶色ではなくて、何度か見た満月の色をしていた。

——なんとなくわかった。感情の昂りが彼を変化させるんだ。

つまり欲情してくれている証なのだろう。冴月の胸に特別感が広がっていく。

口数が少なくなったのも余裕を失っているから。本能のまま繋がれたら冴月の心も満たされそうだ。

「煌哉、入れて?」

「……ッ、まだダメだ」

判断力は残っているらしいが、吐息が荒くじんわり汗をかいている。

気遣ってくれることはうれしいけれど、冴月も早く繋がりたい。

——二度目って、身体はまだ慣れてないわよね……?

痛みはあるだろうか。快楽だけを得られるようになるにはあとどれくらい経験を積まないといけないのだろう。

けれど煌哉と繋がれるならなんでもいい。彼との経験はひとつずつ重ねていきたい。

胸の尖りを弄られながら敏感な花芽を刺激される。胎内の奥で燻る熱を発散させる感覚が慣れなくて、喉からか細い声が漏れた。

「あぁ——……ッ」

身体が浮き上がるような浮遊感に心細くなる。重い両腕を煌哉の首に巻き付けて、どこにも飛ばされないようにしがみついた。

「……好き」

「多分？」

「多分じゃない……」

好きの感情が加速している。一体どうしてこんなに気持ちが溢れてくるのだろう。

——手放せない。心を預けてしまったら、もう無理。

急速に気持ちが煌哉に傾いている。彼の傍にいたくて、彼の心も身体もほしくてたまらない。

これまで自分は欲があんまりないと思っていた。いつでもなにかを諦められるように、心のどこかでブレーキをかけていたのだろう。

幸せになることが怖いから。幸せを手に入れてはいけないから。

けれど一度手にしたものは握りしめたままでいたい。煌哉の手をギュッと握り、自分でも制御不能な感情を訴える。

「どこにも行かないで、私の傍にいてほしい」

——違う、こんな重い言葉が言いたいわけじゃないのに。

でも紛れもない本心だ。目の届かないところに行ってほしくない。

「あ……違うの、ごめんなさい。そんな我がままが言いたいわけじゃない……」

「我がまま？　俺は今感動に浸っていたぞ」

繋いだ手を持ち上げられた。冴月の手の甲にキスが落とされる。

「俺を独占したいってことだろう。傍にいて離れないでなんて、好きな女に求められてうれしくないはずがない」

ぴょこん、と煌哉の頭に耳が生えた。

数日ぶりに見たモフモフの耳だ。うれしそうにぴこぴこと動いている。

「ああ、甘い匂いが濃すぎて、理性がもう利かねえ……ダメだ、冴月。これ以上はもう我慢できない」

泥濘に煌哉の指が侵入する。

グチュグチュと卑猥な水音を響かせながら彼の指が冴月のいいところに当たった。

二本の指を呑み込んでも痛みはない。まだ膣内は硬いけれど、煌哉の愛撫を受けて大分柔らかくはなっていた。

「はぅ、ん……ッ」

下肢を弄られながら口づけられる。口内が熱い。煌哉の背中に腕を回すと体温の高さに驚いた。

――我慢できないって本当なのかも。

熱に翻弄されて思考が霞む。性急な舌が冴月の舌を絡めとって吸い付き、どこにも逃がさないと言わんばかりに追い詰めていく。

「はぁ……んぅ」

じわりとした生理的な涙が浮かぶ。呼吸が乱れてうまく酸素が吸えない。

苦しいのに、この苦しさが愛おしい。

互いの唾液を交換し、どちらのものなのかもわからないものを嚥下する。

全身が煌哉を欲しているみたいだ。気持ち悪さなど微塵も感じなくて、ただ彼のものを摂取したい。

「ンーーッ!」

三本の指が膣壁を擦りながら花芽をクリッと刺激した。敏感な突起を弄られるだけで身体がビクンと跳ねて全身が浮遊感に包まれる。

悲鳴は煌哉の口に吸い込まれた。冴月がこぼす愛液の音と唾液の音だけが室内に響いている。

――身体が作り替えられちゃう。

うまく思考が回らない。ただ彼からもたらされる熱に身をゆだねたい。

泥濘に埋められた指がバラバラと蠢《うごめ》き、冴月の中が柔らかく熟れていく。

無意識に膣壁がキュウキュウと指に吸い付き奥へと誘うのは本能なのか、冴月の願望なのか。

「あ、あぁ……っ」

じゅるり、と唾液音を響かせながら冴月の舌が強く吸い付かれた。刺激が強すぎて冴月の眦から雫が零れる。

胸の膨らみに触れながら、煌哉は容赦なく頂をキュッと摘まんだ。下腹の収縮が止まらず、腰が大きく跳ねた。

まるで自分は追い詰められた獲物のようだ。悲鳴を上げられず、捕食者に力の差を見せつけられる。

貪られるような口づけが止み、煌哉の舌が冴月の首筋に移動した。ざらりとした舌で愛撫されながら甘く嚙まれる。

クンッ、と匂いを嗅がれている気配がした。

顔を上げた煌哉の目には劣情の焔が揺らめいている。強すぎる眼差しに怯《ひる》むよりも、冴月は恍惚《こうこつ》とした心地になった。

――美しい獣の目に私だけが映っている。

こんな感情は知らない。今まで抱いたこともない。

自分だけが彼の本性を知っている。理性を吹き飛ばすほど強く求められている。独占欲とも呼べる感情が湧き水のように溢れて止まらない。

「煌哉……」

泥濘に埋められた指が引き抜かれた。

不安定なソファの上で膝立ちになっても彼の体幹は揺らがない。金色に光る目を冴月に定めたまま、蜜に塗れた指に舌を這わせた。

「……ッ！」

透明な分泌液を舐めている。

存在感のある雄がそそり立ったまま、指にまとわりついた蜜を舐める姿がセクシーで、冴月の顔は真っ赤に熟れた。獣の耳がついているところだけがファンシーだ。

今にも暴発しそうなほど、彼の欲望が先端から蜜をこぼしている。我慢が利かないと言っていたのに、十分すぎるほど解してくれた。

――ほしい。

うまい誘い方なんてわからない。ただ今は煌哉と早く繋がりたい。

「煌哉……ちょうだい」

子宮がずくずくと切なさを訴えている。早く満たされたいのだと本能が急かしていた。

なにも装着していない煌哉の雄が冴月の蜜口に触れた直後、一息に最奥まで挿入された。

「ンア……ッ！」

ガツン！　と奥を刺激される。あまりの衝撃の強さで、視界にチカチカと星が散った。

片脚をグイッと煌哉の肩にかけられて、奥深くを蹂躙《じゅうりん》される。

「ふぁ、あ……っ」

内臓を押し上げられる感覚は慣れないのに、苦しさよりも繋がれた喜びが勝っている。

煌哉はまるで媚薬に侵されたように、荒い呼吸を吐きながら容赦なく衝動を叩きつけた。

「ひゃ、あぁ……ン、アァ」

ずちゅん、ぐちゅんと卑猥な水音が響く。

隔てるものがなにもない熱い屹立が冴月の中を犯している。

腰を掴まれ揺さぶられて、その激しさが心地いい。もっと強く激しく求められたい。

隙間もないほど彼のもので埋め尽くされて、よそ見ができないほど煌哉一色に染められたい。

——どうかしている、こんな気持ち……。

自分が自分ではないみたいだ。きっと今まで理性で押さえつけていた箍が外れたのだろう。

本当はずっと誰かに愛されたくて、幸せになりたかった。

たったひとりでいいから、自分の傍にいてくれる人がほしかった。愛情を注いでも嫌われなくて、同じくらいの「好き」を返してくれる人が。

誰かを欲する気持ちが際限なく溢れてしまう。

きっと冴月は独占欲も束縛も、他の人より強い。

たったひとりを愛して、執着して手放したくないと思ってしまう。自分の家族がなにかひとつに固執してきたように。

だから冴月は歓喜する。煌哉が激しく求めるほど、心が満たされていく。

「冴月、ここに出したい。いいか？」

煌哉の手が冴月の下腹を撫でる。

ピルを服用しているため妊娠するリスクはほとんどない。冴月は本能的に頷いた。

「うん……出して」

「グゥ……ッ」

グリッと子宮口に押し付けたまま、煌哉は冴月の中に白濁を注ぎ込んだ。

「あぁ……」

じわりと彼の熱が広がっていく。

ぎゅうぎゅうに抱きしめられる腕が心地いい。絶対に獲物を逃がさないと主張しているようだ。

「煌哉……」

汗でじっとりとした煌哉の背中に腕を回す。密着した肌から彼の鼓動の速さが感じられた。

煌哉の呼吸が少しずつ落ち着いてくる。まだ膣には彼の楔を呑み込んだままで、抜ける気配はない。

「冴月……すまない、暴走した」

金色の目が薄茶色に変化した。いつの間にか獣の耳も消えている。もふもふに触るタイミングを逃してしまったことが少々惜しいが、一度スッキリしたことで煌哉も幾分か理性を取り戻したようだ。

頭に獣の耳はないのに、なんだか耳が垂れている幻覚が見える。

「アァ、ン……ッ！」

身体を起こされて煌哉の膝にのせられた。まだ繋がったままの体面座位は彼をより深く呑み込んでしまう。

「ん……ふかいぃ……」

冴月の腰を抱きしめたまま煌哉が身体の向きを変える。背中をソファの背もたれに預け、冴月を胸の中に抱き込んだ。

「冴月、口開けろ」

「あ……ふぅ、んっ」

薄く開いた口に煌哉の舌がねじ込まれる。

頬に手を添えられて口づけられる。先ほどよりもゆったりとした優しいキスは、ふたたび冴月の思考を甘く蕩かせていく。

身体がぴったりと繋がったまま舌を絡められて手を握られた。いわゆる恋人繋ぎをされて、冴月の胸がキュンと高鳴る。

その胸の高鳴りと呼応するかのように膣が締まり、中に居座り続ける煌哉の屹立を刺激した。

「ン……ッ」

煌哉の肩がピクリと動く。口から漏れた微かな声がセクシーに響いた。

「二回目はじっくりと、冴月の感じるところを開発していこうと思っていたんだが……。そんな風に挑発するとは余裕じゃねぇか」

「挑発……？」

そんなことをした覚えはない。

ただ彼を締め付けてしまったのは生理現象のようなものだ。意図的ではない。

冴月は煌哉の頭をそっと撫でる。汗で少ししっとりした艶やかな黒髪が指に絡んだ。

「煌哉、耳は？　あのふわふわな耳はどこに隠しちゃったの？」

「……なんのことだ」

そっと視線を逸らされた。嘘をつけない人間の反応である。

「出して？　触りたい」

「絶対嫌だ」

煌哉が立ち上がった。冴月と繋がったまま身体を支えて歩きだす。

「きゃあ！　ちょっと、下ろしてっ」

不安定な体勢が怖くて、咄嗟に煌哉の肩にしがみつく。

冴月にしがみつかれるのは気分がいいらしい。煌哉は足取り軽く寝室の扉を開けた。

「ワンピース一枚だけ置いて行かれた俺の気持ちを少しは理解してほしいものだ」

ベッドの上に下ろされた。

ずるん、と彼が出ていく感触だけでお腹の奥が疼きそうだ。

「ん……っ、ごめんなさ……」

「君が消えてどうかしそうだった。狛居からは下手くそだったんじゃないかと訊かれる羽目になったぞ」

――あ～言いそう……。

ふたりの主従関係が少々謎だ。狛居が良い感じに緩くて、話していると余計な力が抜ける。

「教えてくれ、冴月。俺は下手くそだったか？」

にっこり笑いながら問いかけてくるが、妙な圧を感じた。

下手だと言ったら精進すると言うだろうし、上手だと言ったらもっと悦ばせてやると言いそうだ。きっとどちらを選んでも煌哉の意思は変わらない。

「初めてだったのでなんとも……でも、あの夜を思い出に生きて行こうって思えるほど素敵だったわ」

「……なるほど。思い出にするつもりだったのか」

――あ、しまった。失言だった。

余計なことまで言ってしまった。せっかく理性を取り戻して、ゆっくり気持ちを確かめ合えると思ったのに。

「今はそんなこと思ってないわよ？　思い出なんかじゃ嫌だもの。煌哉はずっと私の傍にいてくれるんでしょう？」

手放せないのは冴月のほうだ。

もう飽きたと言われても、煌哉から離れられるとは思えない。

――捕まったのはどっちなんだろう。

捕食者は煌哉であることには変わりない。でも、見えない糸が冴月から煌哉に伸びている。まとわりついて離れない蜘蛛《くも》の糸のように。

「私から離れたいなんて思っても、嫌。絶対嫌。もうあなたがいないと夜も眠れない」

一度関わったのだから最後まで面倒を見てほしい。そんな風に思う自分は信じられないくらい重いとわかっているけれど。

「それは俺の台詞だ。二度と俺から逃げようとするなよ。半ば本気で鎖を買っておけばよかったと後悔したぞ」

　しかし狛居に止められたらしい。

　その発言を受けても内心引くどころか胸がキュンと高鳴っている。

「私、どうかしているみたい」

「なにがだ」

「今のを聞いても、引くどころかうれしいって思ったの……私を閉じ込めておきたいって思ってくれたんでしょう？」

「ああ」

「それだけ私が好きってこと？」

「ただ好きじゃない。愛してる」

　その言葉が心の奥にじんわりとしみこんでいく。

　正直愛がなにかはわからない。出会ったばかりでこんなに強く相手を欲するなんてどうかしている。

　けれどこれは言葉では説明できない本能のようなものなのだ。急速に惹かれて相手に落ちてしまう。

　これが愛ならば、時間なんて関係ない。これから時間をかけて互いのことを知っていけばいいだけ。

「さっきも言ったけど、きっと私、すごく嫉妬深いし愛が重いと思う。それでも構わない？　嫌気がさして逃げたいって思わない？」

「それは俺も同じだな。他の男に気を向けたらどうにかなってしまいそうだ」

嫉妬に狂う姿も見てみたいという好奇心も疼くが、彼が傷つくことはしたくない。

——もしかしたら私たちは似た者同士なのかもしれない。

煌哉にならも閉じ込められても本望だ。自由を奪われても幸せだと思いそうで、その気持ちの変化が少々恐ろしい。

身体が倒される。シーツから嗅ぎ慣れた煌哉の匂いがした。

——やっぱりこの人の香りも好き。

不安を払拭してくれる匂いがする。温かく包み込んで、嫌なものから遠ざけてくれる。

近くにあった枕を手に取り顔を埋めた。この枕も寝心地がとてもよかった。

「……おい、なんで俺じゃなくて枕を抱きしめてんだ」

狛居に聞かれたら爆笑されそうだ。冴月は太ももをすりっと擦り合わせながら煌哉を見上げる。

「だって煌哉の匂いがするから……これちょうだい？」

「俺としては本体をほしがってほしいんだがな」

「あっ！」

煌哉は冴月から枕を奪い床に放り投げた。無防備な格好の冴月をひっくり返し、腰を高く持ち上げる。

「ちょっ、これ恥ずかしい！」

「そうか、存分に恥ずかしがればいい」

未だ熱い泥濘に欲望を埋め込む。

「ンゥ……ッ！」

背後からじれったく挿入されると、冴月の腰が無意識に揺れた。

「なんだ、奥までほしいならほしいと言え」

冴月の下腹に手を添えながら、煌哉が耳元で囁いた。

傲慢な台詞が甘く聞こえる。声に威圧感がないせいか。

円を描くように臍の下を撫でられる。

いやらしい手つきが嫌でも意識を子宮に集中させる。

一度出したのに満足できていないのは煌哉のほうだ。彼の楔がまだまだ元気なのがいい証拠だ。

「……奥まで挿入したくないの？」

そんなに我慢できるのかという純粋な問いかけだったのだが、逆に煽ってしまったらしい。煌哉が不敵に笑う。

「ああ、そうだな。我慢はよくない」

「ひゃあっ」

ずちゅんっ、と最奥まで挿入された。行き止まりをコツンと刺激されて、背筋に痺れが走る。

「いつか冴月からほしくてたまらないと、泣いて懇願されたい。俺がいないと寂しくてたまらないって。もっとほしいと言わせたい」

「もう、思ってるから……」

腰を掴まれて上下に揺さぶられる。

結合部から、泡立った蜜と煌哉が放った白濁が零れおちた。

「……冴月を孕ますのは俺だけだ」

ぽっこりと膨れた下腹を手のひらでグッと押される。

身体を許したいと思ったのは煌哉だけ。後にも先にも彼しかいらない。

――ピル飲んでるから妊娠はしないと思うけど……あとで伝えればいいか。

生理痛を和らげるためにピルを服用しているのだが、そこまでは煌哉にも知らせていない。もしかしたら彼は今夜冴月が身籠もると思っているかもしれない。

獣のように背後から交わり、快楽の階《きざはし》を上る。

肩甲骨の間を舌で愛撫されたときは、なんとも言えない刺激が全身に走った。背中も腰も、煌哉に触れられる箇所のすべてが性感帯になったようだ。

「あ、あぁ……ンァっ」

「冴月……出すぞ」

「ん……」

返事は声にならなかった。頷くので精いっぱいだ。

ふるふると揺れる乳房を背後から揉まれて、不埒な指が赤い実をコリッと弄る。

ギュッと中を締め付けたと同時に、煌哉がふたたび冴月の子宮口めがけて吐精した。

「ひゃ、アァ……ッ」

「ッ……」

グッ、と屹立を奥に押し付けられる。身体が弛緩して、上半身を支えられない。

顔をシーツに突っ伏したまま腰だけ高く持ち上げられていた。情けない格好を見せつけることになって恥ずかしいが、体力が限界で身体が動かせない。

——ああ、もう寝たい……。

二回戦が終わった。もう身体も心も満足だ。

互いの気持ちを確かめ合って、未来への約束もした。傍にいたいという願いがどうやって叶えられるのかはまだわからないけれど、今は十分満たされている。

萎えた煌哉の雄が冴月の中から引き抜かれる。

その感覚にすら身体がぴくりと反応してしまう。奥深く埋められていた質量が消えてしまうのが寂しい。

――これが喪失感か。

すでにお腹の奥が切ないなんて。

ぽっかり開いた空洞から煌哉が放った精が垂れている。その光景を彼が凝視していることを冴月は気づいていない。

シャワーを浴びるのは明日でいいだろう。もう身体がくたくただ。

眠気に誘われるまま瞼を下ろしたとき、煌哉の声が届いた。

「明日籍入れるぞ」

――……はい？

パチリ、と瞼を開けた。身体をゆっくりと起こして振り返る。

「今、なんて？」

「籍を入れる。入籍。婚姻届出すぞ」

「わかりやすい説明をどうも……って、いきなり？」

「俺が無責任に中出しするような男だとでも？」

下腹部に手が伸びた。煌哉が冴月の下腹をまさぐってくる。

「それに冴月を狙う不埒な男どもが消えたとは限らない。まだ狙ってくる可能性があるなら籍を入れるのが一番安全だ。それなら法的にも守りやすいだろう」

「でも、私はうれしいけど煌哉は大丈夫なの？」

冴月には許可を得ないといけないような親族はいない。

親戚付き合いもなく、祖父母もこの世を去っている。養父だけは繋がっているが、百合香とは絶縁になるだろう。

だが煌哉は冴月のように身軽ではない。

「ご両親とか、親戚の方々を納得させる必要があるんじゃ……どこの馬の骨とも知れない女なんて認めないって言われない？　あと、この泥棒猫がって言いだすような気の強い許婚《いいなずけ》とか」

「いるか、そんな許婚。そもそも今時ベタなドラマみたいな台詞は聞けないと思うぞ」

それなら安心だが、ほんの少し聞いてみたかった気もする。

「うちのことは問題ない。すでに狛居が手を回してる」

「はい？」

知らない間に狛居が暗躍していると聞き、ぽかんと口を開いてしまった。

「絶対に逃がすな。それがうちの両親からの言伝《ことづて》だ」

逃がすなとは、自分のことだろうか……冴月の頬が引きつりそうになった。

「わ、私、煌哉のご両親にお会いしたことないけれど？」

「当然だ。俺が結婚したいと思った女は冴月だけだ。冴月を逃がせば俺は一生寂しい独身人生だろうな」

それは恐らく冴月も同じだろう。

煌哉以上に傍にいたいと思える異性とはもう知り合えない気がする。

けれど、ベッドの中での発言は話半分で聞いたほうがいいとどこかで言っていた。

——いろいろありすぎて頭が追い付かない……。

体力も限界である。うまく考えがまとまらない。

「プロポーズ……ちゃんとしたプロポーズがほしい」

「わかった。ヘリとクルーズのどっちがいい？」

何故その二択なのだろう。海外ドラマのようではあるが。

「どっちもいらない。ただ、ちゃんとしたプロポーズの台詞がほしいなって」

大事な人生のワンページなのだ。

これからきっと何度も思い出すことになる。

「でももう今日は限界なので、細かいことはまた明日……」

「こら、まだまだ夜は終わってないぞ」

閉じていた目を開けて、薄目で煌哉を見つめる。

彼の欲望が復活していた。

冴月は思わず目を見開いた。

「な、なんで……！　いつの間に」

「たった二回で満足すると思うなよ。俺はもっと冴月を可愛がりたいし、冴月の存在を感じたい」

片脚を開かされるも、冴月は体力の限界だ。

「私はもうお腹いっぱいです……！」

一晩で一体何回が普通なのかがわからないが、毎晩三回も四回も求められたらたまらない。

冴月の脳裏に絶倫の二文字が思い浮かぶ。

――自分の寝室は確保しないと……！

冴月は、何度も気絶しては揺さぶられて目を覚まし、明け方まで啼かされる羽目になったのだった。

第七章

誰かに結婚を申し込まれるなんて考えたこともなかった。

思春期の頃は理想のプロポーズをあれこれ妄想したこともあったけれど、次第にそんな出来事はあり得ないと思うようになっていた。

当たり前のように恋に落ちて結婚するというありふれた幸せを諦めて、ひとりでひっそりと生きていくのだと。

今日この日までは。

「おはよう、冴月」

目が覚めたら寝室にタキシード姿の美形が薔薇の花束を持って立っていた。

そんな光景は非現実的すぎて、まだ夢の中にいるのかもしれない。

――うん、きっと夢だわ。

甘く濃厚な一夜を過ごした翌日。日が高く昇った頃、ようやく冴月は目を覚ました。身体はへとへとに疲れ切っている。

普段使っていない筋肉やら関節がきしんでいる。

まだ頭が覚醒していない。冴月はふたたび瞼を閉じた。

だが印象的な姿が瞼に焼き付いて離れない。冴月は恐る恐る目を開けた。

――いる。タキシード姿の煌哉が。

夢ではない。現実のようだ。

「……ええと、どうしたの？　その格好」

きっちりセットされた髪の毛と、テレビや雑誌でしか見たことがないタキシード姿は寝室には少々似つかわしくない。

椅子から立ち上がった煌哉は文句のつけようがないほど隙がない。これから晩餐会に出席してもおかしくないが、まだ昼前である。

「ようやく目が覚めたようだな」

呆然としている冴月の額にキスが落とされた。

そんな気障《きざ》な仕草すら絵になってしまう。だが、甘い朝というにはいささか予想外すぎて、冴月の頭は真っ白になっていた。

「プロポーズといえば指輪だが、生憎用意がないし女性の好みを訊かずに男が選ぶことにも抵抗がある。ならばベタに赤い薔薇の花束がいい。薔薇の花と合わせるならタキシード一択だろう？」

「待って、今からプロポーズされるの？」

全裸で？

思わず羽毛布団で胸元を隠す。

すっぴんで顔も洗っていない状況で、寝起きにドッキリなサプライズは心臓に悪い。

「ちゃんとプロポーズされたいと言っていたのは冴月だろう？」

煌哉が小首を傾げた。悔しいことに、そんな仕草もいちいち様になる。

――俺様なのに可愛いとか、ずるい。

計算じゃないあざとさというやつか。冴月は頭を抱えた。

「言った……気がする。プロポーズ……」

昨夜の記憶を巻き戻す。

籍を入れると言われたときに、プロポーズを求めたのは自分だ。

――だって、なんとなく結婚とかしたくないし、「籍入れるぞ」がプロポーズだなんて味気なさすぎるもの！

冴月は自分の性格を思い出した。弦月が亡くなるまでは恋に憧れる少女だったのだ。

ベタなプロポーズを夢見たこともあったかもしれない。薔薇の花束とタキシードの組み合わせもベタベタすぎるが好きだ。

――行動が早すぎて追い付けないけど、もういいや。

煌哉がどんなプロポーズをするのか見守ろう。冴月は軽く背筋を伸ばす。

「それで、なんて申し込んでくれるの？」

タキシードと薔薇の花束を組み合わせたプロポーズの台詞はなんだろうか。

「期待を込めた眼差しを向けられるとすごく言いにくいぞ」

「予告なんてするからでしょう。その格好にぴったり合った言葉をくれるのよね？」

勝手にハードルを上げてみた。そうじゃなければ煌哉がわざわざ着飾る意味がない。

煌哉はスッと跪いた。

片脚を立てて、中世の騎士のようないで立ちで冴月に花束を捧ぐ。

「……織宮冴月さん。私と生涯を共にしてくれますか」

「……っ」

映画のワンシーンみたいだ。キラキラとしたエフェクトが煌哉の周りを飾っている気がする。理想的な光景に思わず息を呑んだ。

今のもグッと来たのだが……。

「……なんか違う？」

「おい」

口からぽろりとダメ出しが出てしまった。

「あ、違う、そうじゃなくて。すごく素敵で目が釘付けになってしまったんだけど、紳士的すぎるというか」

「なにが望みだ。英語でプロポーズしてほしかったのか？　Will you marry me ?」

「わあ、それも海外ドラマみたいで素敵！　なんだけど……煌哉らしくないというかしっくりこないというか」

演じている感が出てしまう。

もちろん十分思い出になるのだが、胸に響くのはもっとシンプルな言葉。

煌哉が立ち上がり、体勢を正す。

営業スマイルを浮かべるよりも、少々近寄りがたいほど圧倒的なオーラを醸し出しているほうが好ましい。自然体の煌哉に演技などは不要だ。

「わかった。俺らしくでいいんだな」

煌哉は花束をベッドに座る冴月に渡す。

「俺の嫁に来い、冴月」

「……ッ！」

今のが一番しっくりきた。冴月の顔がぽっと赤くなった。

「はい……不束者《ふつつかもの》ですが、よろしくお願いします」

自分がこんなベタな台詞を返すとは思わなかった。じわじわと感動がこみ上げてくる。

「ああ、ふたりで幸せになるぞ」

煌哉が自信に溢れた笑みを浮かべる。

幸せにするでも、してほしいでもない。ふたりで幸せを作るのだというのが煌哉らしい。

──うれしい。彼に言われると幸せになってもいいんだって思えてくる。

まだまだ問題は片付いていないけれど、いつだって煌哉の言葉が冴月の心を軽くする。傍にいてくれるだけで勇気が出るのだ。

花束を置いて、衝動的に煌哉に抱き着いた。素肌が硬い衣服に擦れるが構わない。

「ありがとう、煌哉。すごくうれしい。わざわざ朝早くに花束を買ってきてくれたの？」

「まあな。お礼ならキスでいいぞ」

「歯を磨いていないから嫌」

甘い空気が漂ってもすぐに現実に思考を切り替えてしまう。煌哉のほうがロマンティストなのかもしれない。

「……裸で抱き着いて煽った冴月が悪いと思うんだが」

「え？」

「キスをしなければいいんだな？」

気づけばベッドに逆戻り。

煌哉は薔薇の花束を床に置き、代わりにベッドに乗り上げる。

「ちょ、待った！　ほら、薔薇を活けないと！」

「後でいい」

片手で首元のタイを外しジャケットを脱いでいる。何故ベッドの上で脱ぐのだ。理由はひとつしかないのだが。

「でも朝、いやもうお昼だし！」

「だから？　俺は一晩どころかいつでもどこでも盛《さか》りたい」

「ちょっとお！」

ここで押し倒されたら一日起き上がれないかもしれない。相手は絶倫だと認識したばかりだ。

「だ、ダメだってば……っ」

太ももの内側を撫でられる。そんな触れあいだけで冴月の素直な身体は昨晩の情事を思い出し、秘所がしっとりと潤んでしまう。

「ああ、まだ濡れてるな。昨日のものが残ってるかもしれない」

「んあ、指入れちゃ……シャワー浴びるから……っ」

「シャワーなら俺も一緒にいくぞ。身体の隅々まで洗ってやろう」

それは洗うだけで済まないのでは……煌哉に無限で襲われそうだ。

「今さら遅いが、俺のものが残ってるならかきだしたほうがいいな」

――あ、そうだった。

避妊をせずに中で吐き出したことを気にしているのだ。責任感のある男性なら当然のことである。

「私ピル飲んでるから、簡単には妊娠しないので……」

そもそも冴月は自分が妊娠している姿を想像できない。百合香の呪いの影響もあり、まだ妊娠自体が恐ろしい。

——そうだ、子供を産む気がない女が煌哉のプロポーズを受けちゃダメだった。

心が急激に静まっていく。きちんと話し合う前に感情だけで受け入れたら軋轢が生まれかねない。

跡取りが必要な家柄に嫁ぐというのは生半可な気持ちでは無理だ。今さらながら事の重大さに気づかされた。

「最初に言うべきだったのにごめんなさい。私はまだ子供を産みたいと思えないの……怖くて」

ぽつぽつと心情を吐露する。

煌哉は弦月の生まれ変わりなんて呪いをかけた百合香を軽蔑するだろう。冴月だってそうだ。純粋に自分の子供を望めなくなってしまった。

結婚なんて簡単に承諾するものではなかったと反省していると、煌哉が冴月の心を読んだかのように「今さら結婚はなしなんて受け付けないぞ」と告げた。

「え？　でも、あなたの家には跡取りが必要になるでしょう？」

「そんなもの養子を迎えればどうとでもなる。うちには弟もいるし、あいつの子供が産まれたら養子にしたっていい。むしろ弟を当主にすればいいし、あいつが結婚しなければ分家の中から養子を貰えばいい」

「弟さんがいるんだ……」

それすら知らなかった。

なにも知らない状態で結婚なんて本当にやっていけるのだろうか。きっと冴月には想像もつかないほど古い名家特有の慣習もあるに違いない。

——好きって気持ちだけで結婚ができるほど若くなかった。

どうしても現実的な考えが頭をよぎる。子供を持たないと選択しても、将来は同居を希望しているのか、専業主婦になってほしいのか。もしも決定的に価値観が異なるとなれば、籍を入れるのは考え直したほうがいいかもしれない。

「俺からは子供を産んでほしいなんて言わない。それは冴月が決めることだ。冴月がほしくなったら全力で協力するし、いらないなら避妊を続ければいい。まあ、ピルを飲み続けるかどうかも冴月次第だが」

「私が決めていいの？」

煌哉が不思議そうに首を傾げる。

「子供を産めるのは女だけなんだから、本人の意思が一番大事だろう。たとえ結婚して夫婦になったとしても、産むか産まないか最終的に決めるのは妻だ」

もしも子供を産んでほしいのなら、男は死ぬ気で懇願するべきだと続けた。出産は命がけなのだから、男も同じくらい覚悟を持たなければいけない。

「俺としては冴月を独占できたほうがうれしいが。妻を子供に取られたら嫉妬する自信がある」

堂々と宣言するのは潔いかもしれない。少々情けない気もするが。

「えっと、煌哉はそうやって育ってきたの?」

「うちの一族は女性が優位だな。母が一番強いし敬うべきだと教育されている。ちなみに母は俺を出産したとき、あまりの痛さに父に腹を切れと言ったらしい」

「え!?」

「同じ痛みを味わわせてやると。つまり八つ当たりだな。親父は従おうとしたんだが、医者と使用人たちに止められた。余計な手間を増やすなと」

それもそうだ。命を生み出す現場で身体を傷つける行為は見過ごせない。

妊婦の暴言を真に受けて実行しようとした煌哉の父は、どれだけ妻を愛しているのだろう。

——愛は盲目って言葉が思い浮かんだわ。

獅堂家は愛情が深いのかもしれない。

会ったことのない煌哉の一族に興味が出てきた。彼が育った環境はどんなものだったのだろう。

身体を起こして座り直す。

そっと煌哉の頭に触れるが、そこには人間の耳があるだけだ。

「あなたのおうちのことも、体質のことも聞いてもいい？　知りたいことがたくさんあるみたい」

「……聞いても逃げないって約束するか？　結婚しないなんて言われたら即監禁するぞ」

さらりと犯罪を匂わせないでほしい。

跡取り問題を気にしなくていいのなら、冴月の気持ちは変わらない。

「逃げないから教えて。煌哉のことが知りたいの」

もちろん伝えられる範囲で構わないと告げると、煌哉がぽつぽつと語りだす。

「……昔から獅堂の家には獣の血が流れているらしい。それもいろんな説があって、それこそ神話のような話とか一族の繁栄に捧げた生贄の祟りだとか、はたまた城主の娘と番犬が交じったとか言われてるが、はっきりした理由はわからん」

「城主……つまり世が世なら煌哉はお殿様？」

「食いつくのはそこか」

だが否定はされなかった。

――古くから続く名家で地主で資産家で、さらに城を持ってる可能性もあるのか……すごいわ。

現実味はないが。

「続けるぞ。血は十分薄まっているはずなんだが、うちの一族は代々身体能力が高い者が多い。あと五感、特に嗅覚が優れている者もな。直系じゃなくてもプロのアスリートを多く輩出しているし、五感を活かして刑事になった者もいる」

「あ、なるほど。警察にコネがあるというのはそういう……」

警察犬が思い浮かんだ。耳と尻尾が生えたらとてもそれっぽい。

一族の直系は特にその血を色濃く受け継いでいるらしい。本能的な欲求が人一倍強く、嗅覚が優れていて夜目が利く。

「数世代にひとりの割合で獣化する子供が産まれてくる。昔はそれこそ弱肉強食の教えが濃くてな、完全に獣化する子供を当主にしていたようだ」

だから血が脈々と受け継がれていくのだろう。

「煌哉も？　獣化できるの？」

煌哉は少し躊躇いを見せた後、ゆっくり頷いた。

「とはいえ滅多に変化しない。強い怒りや感情の昂りで耳と尻尾が出てくることもあるが、それも何年も起こっていなかった。なのに冴月の前じゃすぐに理性が崩れて本能が剝き出しになるようだ」

　はあ、と嘆息した。

　獣の耳を生やした煌哉はレアな姿だったらしい。

　完全な獣がどんな姿をしているのかわからないが、言葉が通じるなら怖くない。それに元は煌哉なのだから、怖いと感じることもない。

「そうだったんだ」

「俺が怖いか？」

「ううん、別に。煌哉が別人格になるわけじゃないでしょう？」

「まあ、そうだが……」

「それに、昨日の闇カジノで私を助けてくれたときも、その体質を使って追ってきてくれたんでしょう？」

「これを体質で片付けられたのは初めてだ」

　これまでたくさん葛藤してきたのだろう。感情の昂りで耳が出てしまうというのは、変化が下手くそな化け狸のようで可愛らしい。

「私大型犬飼ってみたかったし、モフモフも好きだもの。好きな人が二倍おいしいなんてお得じゃない？」

そっと煌哉の頭に触れる。

大型犬をわしゃわしゃできない代わりに煌哉の頭を撫でていると、ふいにその手が掴まれた。

「もうひとつ。獅堂の直系はどうしようもないほどの飢餓感を抱えている」

「え？」

「伴侶、魂の片割れ。いや、番と言ったほうが伝わりやすいか。思春期を迎えた頃からずっと俺は自分の番を捜し続けていた」

「……見つかったの？」

番を見つけるまでの繋ぎだと言われたらどうしよう。冴月の心に不安が混じる。

「大人たちには匂いでわかるって言われ続けてきた。眉唾物だと思っていたが、本当だった」

手首の内側を舐められた。

煌哉の手で握られると、自分の腕が華奢でか弱く見える。

「それは私だって期待していい？」

「期待もなにも、冴月しかいない。最初から好ましい匂いだとは思っていたが、冴月の前で居眠りをして確信した。人の気配が感じる場所で無防備に寝るなど、獣にとっては致命的だからな」

「まさか私、初対面のときから狙われていたってこと？」

「そうなるな。気づいたときには飢餓感が消えていた」

身体を抱きしめられる。いい加減なにかを羽織りたいのだが、なかなか切り出せそうにない。

「私もあなたと一緒ならよく眠れるの。だからお互い、運命の人で間違いないみたいね」

彼の匂いを好ましいと思っている時点で、冴月も本能的ななにかを察しているのかもしれない。

――相性がいい人の体臭は好ましいんだっけ。

煌哉はフェロモンを敏感に嗅ぎ取っているのだろう。少々気恥ずかしい気もするが、そのおかげで見つけだしてもらえた。

「ところで私、煌哉の尻尾も触りたいんだけど。出して？」

「嫌だ」

「モフモフに癒やされたい……」

「ねだられるのは嫌な気分ではないが、さっき言ったこと忘れてるだろう。強い感情の昂りが引き金になると。つまり俺が強く欲情するところが見たいってことだな？」

「え……」

「今日一日抱き潰すぞ」

それは困る。午後には狛居だって来る予定だ。

散々抱き潰されたのに元気すぎやしないか。

「やっぱり遠慮します！」

余計なスイッチを入れないように気をつけよう。冴月は煌哉の腕から抜け出して、バスルームへ駆け込んだのだった。

◆　◆　◆

婚姻届を提出後、冴月は織宮家との縁を切ることにした。

法的に絶縁をすることは厳しいが、獅堂家の弁護士を通じて今後一切関わらないと誓約を交わすことになった。

また弁護士から母親の百合香に今回の事件のあらましを説明してもらい、彼女には宗教問題に強い弁護士を紹介することになった。

冴月が感じていたように、どうやら百合香は闇サイトの存在を知らなかったらしい。すべては新興宗教の幹部が独断で冴月の個人情報を売ったこととなっている。

あの闇サイトは閉鎖されたが、出回ってしまった冴月の情報は簡単には消えない。職場まで知られているから仕事を変えたほうが安全だが、まずは冴月だとバレないように見た目を変えることにした。

「いや～女性は髪型だけでイメージが変わりますね。黒髪のロングヘアから茶髪のボブって思い切りましたね。あ、ベルボブって言うんですっけ。流行ってますよね」

狛居が感心したように頷く。

顎下まで髪を切ったのは学生以来だ。

「ありがとうございます。おかげでちょっと手持ちの服が似合わなくなりました」

髪を切って首元が寒いが、手入れが楽になった。毎朝の時短にもなっている。

「服は全部買い足せばいい。必要なものは遠慮なく俺に言うように」

冴月のスーツケースを運びながら煌哉が告げる。冴月がねだればいくらでも財布を出しそうだ。

「そうですよ、遠慮なくねだっておきましょう。洋服以外にもなにか気になる便利家電とか美容機器とか、シアター用のプロジェクターもいいですね！」

「プロジェクターか。夜に映画鑑賞をするのもいいな」

「それなら天井にも映せるものにしましょう！　これとか最新機種で評価が高いんですよ。私も試したいので二個注文してください」

「お前は自分で買え」

さりげなく狛居がねだっている。

冴月は声を出して笑った。

「あはは、相変わらず遠慮がなさすぎて……今さらですけど、おふたりはどういう関係なんですか？」

ただの主従関係でも幼馴染でもなさそうだ。

「私は獅堂の分家の出身ですよ。祖父同士が兄弟なので、煌哉様とははとこになりますかねぇ」

――なるほど。遠い親戚ではあるけれど、近しい関係なのね。

遠慮なく対等に話せるのは信頼があるからだ。男同士の友情は少し羨ましい。

「それにしても冴月さんは明るくなりましたね。出会った頃は控えめに笑う方で、なにかを我慢している人なんだろうなって思ってましたけど」

「え？　そんなに顔に出てましたか？」

感情をあまり外に出さないようにしていたのに、わかりやすかっただろうか。

「いいえ、私がそう感じただけです。無意識に抑制されていたものが解放されたんでしょうね。いいことです」

なんだか照れくさい気持ちになるが、その通りだ。

――まだ煌哉と会って一か月も経っていないのに、不思議だわ。でも、人生の転機はこういうものなのかもしれない。

年末直前に慌ただしく荷物をまとめて煌哉の家に運び込んだ。

この十日ほどで結婚と誓約書の手続きと引っ越しが行われて、生活が一変した。変化が目まぐるしくて、夢でも見ているのではと思いそうになる。

──夢じゃないんだけどね……。

結婚した実感はまだまだ湧きそうにない。

書類を提出後、煌哉の両親に挨拶に行った。順序がデタラメで大丈夫なのかと何度も訊いたが、煌哉は大丈夫の一点張り。むしろ早く捕まえないほうが怒られると言うだけあり、なかなか強烈な家族だった。

──ご両親に挨拶せずに入籍して、よくやったって褒められるとは思わなかったけれど……それほど煌哉は結婚をしないと思われていたのかしら。

本家の次期当主と言われている男がずっと独身では困るだろう。番を見つけて、一刻も早く法的に結ばれることのほうが大事らしい。

若々しくエネルギッシュな煌哉の母と、彼女を常に気遣い傍にいる父はとてもお似合いのふたりだった。ただ煌哉から出産時のエピソードを聞いていただけに、「この人がお腹を切ろうとした……」と頭をよぎってしまったが。

「ねえ、お父様の頭にも獣の耳は生えるの？」

「ああ、そうだな。滅多に見たことはないが親父もうちの血が濃いから恐らく」

「ふーん……」

灰色の瞳は穏やかで思慮深く、煌哉のようなワイルドさは感じられなかった。だがきっと怒らせてはいけない人なのだろう。

——多分黒ではないな。上品な灰色の耳とか似合いそう……。

「おい、まさか親父の耳を触りたいとか思っていないだろうな？」

「え？　そんなことないけど、もしかして頼んだら触らせてもらえるかな？」

ちょっとした好奇心と欲望がむくむくと膨らむ。

煌哉の額に青筋が浮かんだ。

「浮気は許さないぞ」

「ええ？　浮気なんかじゃ……」

実の父親に嫉妬するとは思わなかった。煌哉は冴月が思っている以上に嫉妬深いのかもしれない。

「煌哉様、心の狭い男は嫌われますよ」

「うるさい」

そう言いながら煌哉が冴月をぎゅうぎゅうに抱きしめてくる。まるで狛居と視線を合わせるのも気に食わないというように。

「困った人ですねえ、もう。それじゃあ邪魔者は退散しますよ」

「ああ、お前も帰ってゆっくり休め」

遠くから玄関扉が閉まる音がした。ようやく煌哉が抱きしめている腕を解く。

「狛居さん、見送れなかったんだけど」

「あいつはいつでも来るから見送りなんていらん。それよりも、撫でるなら俺だけにしろよ」

煌哉の頭に耳が生えた。真っ黒でふわふわした三角の獣の耳だ。瞳もいつの間にか満月の色に変化している。

「耳！」

ソファに座らせて頭と耳を撫でる。

不機嫌そうな顔をしているがまんざらでもないようだ。

煌哉はなんだかんだと言いながらも冴月の欲望を満たしてくれる。そんな旦那様が愛おしくてたまらなくなる。

「尻尾は？」

「……敏感な尻尾に触れたいなんてやらしい女だ」

「び、敏感!?　知らないし、そんなの」

もしかして性感帯なのだろうか。それは言われないとわからない。

「触ってもいいが朝まで耐久コース一択だからな」

「えぇ……じゃあ遠慮します！　……って、ちょっと待った！　触らせないで、モフモフの誘惑が……！」

今まで触ったことのない手触りが冴月を誘惑する。滑らかな毛並みがふわふわで最高に気持ちがいい。

「ふあああ……気持ちいい……！　なにこの毛皮！　抱きしめたまま昼寝したい」

「ムラムラする。完全にスイッチが入った。冴月のせいだ」

「絶対今のは違うと思う！」

抵抗虚しく服の隙間から煌哉の手が入り込む。

結局この日の攻防戦も煌哉に軍配が上がるのだった。

エピローグ

　十二月三十一日は冴月の二十九歳の誕生日だ。

　そしてこの日は弦月の命日でもある。

　品川駅から新幹線に乗り、電車を乗り継いでおよそ二時間強。音もなく雪が舞い落ちる中、冴月は煌哉と共にお墓参りに来ていた。

「久しぶり、弦月」

　弦月に会いに来たのはいつ以来だろう。自分の罪と向き合う時間は悲しくて苦しくて、社会人になってからはほとんど来られなかった。行こうと思えば日帰りで行けたのに、知り合いとすれ違うのも怖かったのかもしれない。

　枯れた花を捨てて、用意したスポンジで墓石を磨く。箒《ほうき》で蜘蛛の巣を落とし、周辺のゴミを拾った。

「冴月、バケツの水を捨ててくる。あと花立《はなたて》も洗ってくるから待ってろ」

「ありがとう、煌哉」

ひとりきりにしてくれたのだろう。きっと冴月が弦月に言いたいことがたくさんあるから。

だが、いざ話そうとするとなんて言ったらいいのかわからない。

「……弦月、今日で二十九歳になったよ。あの頃は三十間近なんて大人すぎて想像もできなかったけれど、案外大人になりきれないものみたい」

肉体は年齢を重ね続けているのに、精神が成熟しているかはわからない。子供の頃に理想としていた大人像と今の自分は一致しているだろうか。

「いろいろと話したいことはあるけど、今日は大事な報告をしに来たんだ」

煌哉が綺麗にした花立を持って戻ってくる。

お墓参り用の仏花は弦月のイメージではなくて、大晦日でも唯一開いていた花屋で一番華やかで豪華に見える花束をふたつ作ってもらった。

白と淡いピンクのラナンキュラスは薄い花弁が幾重にも重なって可愛らしい。アクセントに紫のラナンキュラスも混ぜて、小ぶりのピンクの薔薇も入れた。

花束を花立に活けて飾る。これで弦月も少しは喜んでくれるだろうか。

お墓参り用には思えない華やかさが弦月らしいと思う。冴月に仏花を渡されても彼なら喜ぶだろうが。

二十歳になったら飲みたいと言っていた赤ワインのボトルを置いて、線香に火を灯す。

雪がちらつく中ではすぐに消えてしまうかもしれないけれど、風がないので問題なさそうだ。

冴月は墓石の前で煌哉と手を繋いだ。

こうして身近な人に結婚を報告するのは、弦月がはじめてだ。

「私、結婚したの。ここにいる獅堂煌哉さんと」

「はじめまして、お兄さん。妹さんは私が責任を持って幸せにしますので、どうぞ安心してください」

営業スマイルを浮かべている。微妙に煽りにも聞こえるが、弦月はどう受け取っただろう。

「私は今まで、幸せになることを放棄していた。誰かと恋をして、結婚して家庭を持つなんて無理だって。私の中にはずっと弦月がいたから、弦月を死なせるきっかけを作った私が幸せを望んではいけないって思っていた」

もしもあの日に戻れたら未来を変えられただろうか。弦月が交通事故に遭わないようにできたかもしれない。

けれど過去は変えられないから、冴月は未来へ進む。同じ場所に立ち止まり続けることはできないのだ。

「でもね、そんな私を見せられるほうも安心してあの世でのんびりできないんじゃないかって思うようになったの。私がずっと後悔し続けているのを弦月だって見たくないんじゃないかって。だから私は煌哉と一緒に弦月が呆れるほど幸せになってからそっちに行く。あの世で惚気《のろけ》てやるんだから、それまで待っててね」

当然ながら弦月からの返事はない。

一方通行の報告でも、きっと弦月に届いているだろう。

「珍しいな。この季節にクロアゲハとは」

「え？」

ふわふわと飛ぶクロアゲハ蝶《ちょう》が墓石に留まった。翅《はね》を閉じて開いてを繰り返している。

「蝶々って冬まで生息してたっけ。温暖化？」

「秋までのイメージだったが、生き残ったんだろうな。もしくは……」

「なに？」

煌哉が口を閉じた。

「なんでもない。さて、お兄さんへの報告は終わりだな？　散々惚気られるように俺も努力をしないとな」

「努力って……」

「妻を悦ばすのが夫の役目だろう」

「今漢字がおかしくなかった？」

「気のせいだ」

いつも通りの会話を弦月に晒すのは少々気恥ずかしいが、逆に弦月は安心したかもしれない。冴月はもうひとりぼっちではないのだと。

帰り支度を済ませて、弦月に「またね」と声をかけた。

お寺を出て、なんとなく背後が気になった。

先ほど見かけたクロアゲハ蝶がふわふわ飛んでいる。

「なんかあの蝶々、ついて来てない？」

「しょうがねえな。今夜はグラスを三つ用意するか」

「え？」

「弦月にお供えしたワインで冴月の誕生日を祝うのもいいだろう。参加したいなら来てもいいぞ、お兄さん」

風が吹いた。その風に連れ去られるようにクロアゲハ蝶も見えなくなる。

「冬を越せたら春が来る。案外あの蝶はしぶといかもな」

「うん……だね」

繋いだ手が温かい。

冴月の心は隙間風が入り込めないほど満ち足りている。

「……煌哉、一緒に来てくれてありがとう」

「こちらこそ、連れてきてくれてありがとう」

大切な身内への報告に付き合って挨拶をしてくれた。それがどんなにうれしかったか、言葉にならない気持ちがこみ上げる。

帰宅後、ダイニングテーブルにはディナーの他に誕生日ケーキと赤ワインのグラスが三つ並んだ。

「来年の誕生日はもっと派手に祝うぞ」

「ありがとう。でもほどほどで大丈夫」

祝いたいと思ってくれるだけで十分だ。大晦日が弦月の命日になってから、誰も冴月におめでとうを言ってくれなくなっていたから。

左手の薬指に嵌められた指輪がキラリと光る。

きっと今夜は幸せな夢が見られるだろう。

あとがき

こんにちは、月城《つきしろ》うさぎです。『ケダモノ御曹司は愛しの番を貪りたい』をお読みいただきありがとうございました。

約二年ぶりの新作を刊行させていただきました。御曹司シリーズは俺様、腹黒、溺愛、傲慢と続いて五作目です。もう次は変態御曹司くらいしか残っていないんじゃないかと思いましたが、ケダモノを見つけられてよかったです（笑）。

タイトル通り、今作は感情が昂ると獣の耳が生えちゃうなんちゃって獣人ヒーローです。実はケモ耳ヒーローを書いたのははじめてでした。

以下ネタバレを含みますので、本編を読了後にお進みください。

今作の主人公二人は夜のイメージが強いので、ヒロインは冴えた月でサツキにしました。綺麗な響きの中に凛とした印象を込めてます。

ヒーローは当初煌めく夜でコウヤの予定でしたが、しっくりこなかったので煌哉に変更しました。少し印象が硬派になったのではないかと思ってます。

そして冴月の兄のユヅキはヴァイオリンの弦から命名しましたが、もうひとつ。弦月とは半月のことであり、片割月とも呼ばれてます。彼ひとりでは満ちることができず、片割れである冴月が傍にいて能力を発揮できる人物という意味も込めてます。

弦月は故人なので、ごめんね……と唱えながら執筆してました。あまりキャラが亡くなるのは好きではないのですが、冴月の過去には欠かせない人物です。

そして今回書いてて楽しかったのは狛居です。何故か金にがめつい男になってしまいました。腹黒で糸目キャラが似合う声で脳内再生していただきたいです（笑）。


イラストを担当してくださった天路《あまじ》ゆうつづ様、色気たっぷりな煌哉と冴月を描いてくださりありがとうございました。美麗な二人がセクシーでとっても素敵です！

担当編集者のY様、今回も大変お世話になりました。今作がY様と出させていただく最後のソーニャ文庫になりとても寂しいですが、これまで九冊もご一緒できて光栄です。いつも鋭いアドバイスをありがとうございました！　今後も精進したいと思います。

この本に携わってくださった校正様、デザイナー様、書店様、営業様、そして読者の皆様、ありがとうございました。

楽しんでいただけましたら嬉しいです。

月城うさぎ

Sonya
ソーニャ文庫

この本を読んでのご意見・ご感想をお待ちしております。

◆ あて先 ◆

〒101-0051
東京都千代田区神田神保町2-4-7 久月神田ビル
㈱イースト・プレス　ソーニャ文庫編集部
月城うさぎ先生／天路ゆうつづ先生

ケダモノ御曹司《おんぞうし》は愛《いと》しの番《つがい》を貪《むさぼ》りたい

2024年1月9日　第1刷発行

著　　者　月城《つきしろ》うさぎ
イラスト　天路《あまじ》ゆうつづ
装　　丁　imagejack.inc
発 行 人　永田和泉
発 行 所　株式会社イースト・プレス
〒101－0051
東京都千代田区神田神保町２－４－７ 久月神田ビル
TEL 03－5213－4700　　FAX 03－5213－4701
印 刷 所　中央精版印刷株式会社

ISBN 978-4-7816-9762-8
定価はカバーに表示してあります。

Sonya ソーニャ文庫の本

『契約夫は待てができない』　秋野真珠

イラスト 大橋キッカ